JN026076

源氏物語探訪

ゲーテとともに

田中宗孝
Tanaka Munetaka
田中睦子
Tanaka Mutsuko

幻冬舎MC

源氏物語探訪　ゲーテとともに

はじめに

私たちが『源氏物語』の解読にとりかかってすでに十数年になるが、さらに解読を深めるために役立つものはないか、探していたところ、次の本に出会った。

エッカーマン著・山下肇訳『ゲーテとの対話』(上)(中)(下)(岩波文庫、二〇一二)。

文豪ゲーテの名を知らないわけではなかったが、それ以上のことは何も知らない。エッカーマンについては、その名すら知らなかった。しかし、わらにもすがる気持で読み始めて、この本から離れることができなくなってしまった。まるでゲーテの肉声が聞こえてくるような心地である。

エッカーマンがはじめてゲーテを訪ねたのは、一八二三年のことで、エッカーマンは三〇歳(あるいは三一歳)、ゲーテは七三歳であった。これ以後、ゲーテが一八三二年に八二歳で亡くなるまでの約九年間、ゲーテの側近くにいたエッカーマンは、その間のゲーテの言行を詳しく書き留めた。それが、この本である。

ゲーテを尊敬してやまない、まだ年若いエッカーマンに対して、すでに大作家としての声望を得ているゲーテ。ゲーテは、エッカーマンに、相当の才能があると見たのだろう。ゲーテのエッカーマンに対する言葉は、懇切で、その内容は、文学にとどまらず、芸術全般、さらには人生全般に及ぶ。ゲーテの言葉の一つ一つが、胸に染み入るようで、味わい深い。

ゲーテにさらに深く接したいという思いで、私たちは、次の本も合わせて参照することとした。

高橋健二編訳『ゲーテ格言集』（新潮文庫、平成二八年）

本書では、『ゲーテとの対話』及び『ゲーテ格言集』の中から、『源氏物語』の解読に関連があると思われるゲーテの言葉を選択して、私たちの感想や意見を書き綴ってみたい。

なお、本書において、『ゲーテとの対話』からの引用に当たっては、岩波文庫本の㊤㊥㊦の別及び頁数のみを記載した。『ゲーテ格言集』からの引用に当たっては、「格言集」と記載の上、新潮文庫本の頁数を記載した。

また、『源氏物語』の原文は、阿部秋生・秋山虔・今井源衛・鈴木日出男校注・訳『源氏物語』①〜⑥（新編日本古典文学全集二〇〜二五、小学館、一九九四〜一九九八）によった。引用に当たっては、「源氏物語」と記載の上、小学館本の巻数及び頁数を記載した。

『紫式部日記』の原文は、中野幸一校注・訳「紫式部日記」（新編日本古典文学全集二六、小学館、一九九四）によった。引用に当たっては、「紫式部日記」と記載の上、小学館本の頁数を記載した。

源氏物語探訪 ゲーテとともに　目次

二『ゲーテとの対話』（中）を読みながら考える

三　『ゲーテとの対話』(下)を読みながら考える

一　『ゲーテとの対話』（上）を読みながら考える

ゲーテとエッカーマン

　ゲーテの言行を丹念に書きとめた『ゲーテとの対話』は、ゲーテを尊敬してやまなかったエッカーマンの畢生（ひっせい）の作品で、二回にわたってまとめられた。一回目は、岩波文庫の(上)及び(中)に納められている第一部及び第二部で、二回目は、同じく岩波文庫の(下)に収められている第三部である。一回目の出版の際のエッカーマンの感慨は、(上)に登載されている「まえがき」に次のように記されている。

エッカーマン「この二巻にまとめて私自身の財産ともすることのできたもの、いわばわが生涯の宝とみなすべきものを、私はいま、いと高き神の摂理に対する心からの感謝の念をもって、見まもらずにはいられない。いや、それどころか、世の人びともまた、この私の伝達の仕事に感謝してくれるであろうことに、ある種の確信さえも私は抱いている。」（上一三頁）

第一部及び第二部については、在世中だったゲーテ自身も、折に触れて目を通したようである。これに対して、二回目の出版は、第三部の「まえがき」の日付によればゲーテが亡くなった一八三二年の十五年後の一八四七年であり、ゲーテ自身の確認を経たものではない。このときのエッカーマンの感慨は、第三部の「まえがき」に次のように記されている。

エッカーマン「ついに、かねて約していた私の『ゲーテとの対話』第三部の完成をここに見るに至って、私はいま、大きな障害をのり越えたという喜びに感無量である。（中略）最初の二部の筆をとったとき、私はたしかに順風をはらんで進むことができた。当時はまだ、聞いたばかりの生まなましい言葉がなお私の耳の中で共鳴していたし、あの驚嘆すべき人物と親しく接して受けた感動を、いわば生きる糧として生きていたので、翼に乗ってめざす目的地へ一路運ばれるのにも似た感がしたのであった。

しかしながら、あの声が途だえてからすでに久しく、あの人と親しくふれあう幸せも、はるか昔の夢となってしまっては、あのなくてはかなわぬ感動を手にすることが出来るのは、ただ自分の内部に沈潜し、何ものにも煩わされずに瞑想に耽って過去を再び生彩あるものによみがえらせることが出来る時、過去が流動しはじめ、偉大な思想や偉大な人の面影が、山なみのように、遠くにありながらくっきりと、あたかも現実の陽光に照らし出されたように目のあたり屹立するのを仰ぎ見る時、だけにかぎられていた。

こうしてあの偉大なる人に触れる喜びの思いから、感動が私を襲ったのだ。その思想の道筋や口ずからの言葉が、一つ一つまるで昨日耳にしたばかりのようにありありとよみがえってきた。」（下九〜一〇頁）

私たちはエッカーマンのおかげで、ゲーテの思想とその偉大な人物に触れることが出来た。エッカーマン自身が自信をもって書いているように、エッカーマンが『ゲーテとの対話』をまとめられたことに、深甚の敬意と感謝の意を表したい。

本書で詳しく述べるように、ゲーテの言葉によって、『源氏物語』を一層深く読むことが出来るようになった。偉大な人物は、時代を超えて、洋の東西を超えて、そびえたつものだということを、実感する。

なお、エッカーマンがゲーテに対して抱いている思いを見ておこう。

エッカーマン「この並みはずれた精神的人間は、いわばどの方角にも違った色を反射してみせる多面的なダイアモンドになぞらえることができる。だから、彼ゲーテが、さまざまな状況において、またさまざまな相手に応じて、別の人間であったように、私もまた、私の場合に、ただまったく謙虚な意味で、こう言いうるに過ぎない、これは私のゲーテである、と。」（上一一三頁）

エッカーマン「ふたたびゲーテの身近にいて、ふたたび彼の語るのをきくと、私は幸福だった。全心全霊をあげてゲーテに献身したい気がした。あなたさえ得ることができれば、他のことはみなどうでもいい、と私は思った。そこで私はまた、あなたが私の特殊な事情を考えて下さって、よいとお考えになることでしたら、何でも致しますよ、とくり返した。」（上六五頁）

エッカーマンにとって、ゲーテは、永遠の憧れの人であった。ゲーテも、エッカーマンを手放そうとしない場面がしばしば見られ、エッカーマンにかなり執着していた。二人は、いわば、形（けい）影（えい）相伴う間柄であった。

一歩一歩

ゲーテ「老人の忠告を役立てて、まっしぐらによい道を進んでいくべきだ。いつかは目標に通じる歩みを一歩一歩と運んでいくのでは足りない。その一歩一歩が目標なのだし、一歩そのものが価値あるものでなければならないよ。」（上六八頁）

紫式部が『源氏物語』を書いている情景を思い浮かべながら、ゲーテの言葉を読み返してみよう。

紫式部は、一字一句を書き綴ってゆく。その一字一句には、紫式部の全エネルギーが凝縮されている。『源氏物語』を読むに当たっては、紫式部が一字一句に込めたエネルギーを受け止める覚悟で臨まなければならないと痛感する。

具体例を挙げる。

桐壺帝の寵愛を受けた桐壺更衣は、玉のような皇子（帝の第二皇子で、後の光源氏。以下では、理解しやすいように「光源氏」と言う）を授かったが、他の女御、更衣たちから陰湿ないじめを受け、病気がちになって、ついに亡くなった。悲嘆された帝は、更衣の母君の邸に退出している皇子に会いたいという気持ちがつのって、靫負命婦を使者として、更衣の母君のところへ遣わされた。ここで更衣の母君が言う。「身に余るほどのご寵愛をいただいたことは、かたじけない限りでございますが、人びとから嫉まれ、気苦労が多くて、『よこさまなるやうにて』（源氏物語①三一頁）亡くなってしまいました。帝のご寵愛が却って恨めしく存じます。」
「よこさまなるやうにて」亡くなるとは、「横死」あるいは「非業の死」である。この一言が、物語のこれ以後の展開を規定してゆく。

「よこさまなるやうにて」の一言は、帝の胸を鋭く突き刺した。あれほど寵愛した更衣に、何と無残な死に方をさせたものか。それを更衣の母君から責められている。帝は、いても立ってもいられない気持ちになられただろう。「こうなった以上、若君（光源氏のこと）が成長したら、いずれよいときもあるだろうから、それを糧にぜひ長生きされるように」と、帝は、母君を慰められた。母君は、将来皇子が東宮になると期待しただろう。

翌年の春、東宮を決めるに当たり、帝は、光源氏を東宮にしようかとも考えられたが、第一皇子を飛び越えて光源氏を東宮にすることは世間の認めるところとなりそうにないので、第一皇子を東宮とされた（後の朱雀帝）。更衣の母君は、もう期待することがなくなったと失望したせいか、まもなく亡くなった。このとき、光源氏は六歳。

帝は、亡き更衣のことが忘れられない。しかるべき女性をお召しになるが、亡き更衣に比肩できる人はいそうにない。そんな折、先帝の四の君が亡き更衣によく似ていると言う人がいて、それを聞かれた帝は、熱心にこの姫君を後宮に迎えようとなさる。懇ろに「ただ、わが女御子たちの同じ列に思ひきこえむ」（源氏物語①四二頁）と仰せになって、姫君は入内された。藤壺である。このとき藤壺十六歳。それにしても、后として迎えようとする姫君を自分の皇女たちと同列に扱おうと言われるのは、自然な言い方ではない。このころ、帝の胸中では、「よこさまなるやうにて」亡くなった更衣への罪滅ぼしとして、光源氏の子を自分の皇子として育て、その子を東宮、やがては帝とするという企みが芽生えていたのだろう。

帝は、藤壺に、光源氏と仲良くされるように熱心にお頼みになる。帝の胸中の企みを考えれば、藤壺にぜひ言っておきたい言葉である。

光源氏は、十二歳で元服し、左大臣の姫君である葵（あおい）の上と結婚した。このとき葵の上十六歳。光源氏が結婚した後も、帝は、始終、光源氏をお召しになり、藤壺の局（つぼね）（部屋）で管弦の遊びをなさる。光源氏は、かすかに聞こえる藤壺の声に胸をときめかせていた。

光源氏十八歳の夏、藤壺は病気のため里下がりをなさった。光源氏は好機到来とばかりに、藤壺の女房である王命（おうみょうぶ）婦に、藤壺に会えるようにせよと責め立てる。その結果、光源氏は、藤壺にお会いすることができた。情を交わす二人にとって、あいにく夏の夜は短かった。

やがて藤壺は、体調に異常を感じられるようになった。妊娠三か月で、見た目にもはっきりわかるほどである。秋七月、藤壺は参内なさった。例によって、帝は、光源氏を召して、藤壺のところで管弦の遊びをなさる。光源氏は、必死になって内心の動揺を隠そうとするが、こらえきれない様子が表に出てしまう。帝は、光源氏と藤壺の密通をはっきりと確認されたに違いない。

それにしても、帝と身重の妃の私的な場所へ息子である光源氏をお召しになること自体、普通、ありそうにない。帝は、光源氏と藤壺との関係を疑ったり、咎めたりなさらない。それは、帝のご意向にかなうことだったからであると考えるほかない。

出産予定の十二月も過ぎ、藤壺本人もまわりの人びともやきもきしていたが、二月十日過ぎになってようやく男皇子を出産された。この皇子は、表向きは桐壺帝の第十皇子として扱われ、のちに東宮となり、さらに冷泉（れいぜい）帝として帝位に即（つ）かれる。

偽りの皇子が帝位に即くのであるから、貴族社会の腐敗もここに極まったというべきである。紫式部は、平然とそれを物語として書いた。書かねばならないという使命感が、紫式部に書かせたのである。

桐壺帝が思いつかれた企みの影響は、広い範囲に及ぶ。藤壺は、東宮（後には、冷泉帝）の出生の秘密が世の中の人びとに知られないことのみに汲々として生きることになる。冷泉帝自身は、藤壺が亡くなった後、夜居（よい）の僧から出生の秘密をお聞きになって驚かれる。光源氏にあからさまに尋ねることもできない。光源氏は、冷泉帝が秘密を知っておられるらしいと感づいたが、真実を告白しようとしない。そのため、冷泉帝は、悩み続けられることになる。

さらに、宇治十帖（うじじゅうじょう）に登場する八の宮は、桐壺帝の第八皇子であるが、不遇な生活を余儀なくされていた。その理由をたどると、冷泉帝がまだ東宮でおられたころ、東宮を廃して、八の宮を擁立しようという動きがあったが、その企ては頓挫（とんざ）した。このような事情があったので、その後冷遇されたからである。その結果、三人目の姫君を育てる経済的な力のない八の宮は、浮舟を自分の子だと認めることができなかった。浮舟の惨めな境遇の根源は、桐壺帝の思いつかれた企みにあった。
以上のように、「よこさまなるやうにて」の一言に込めた紫式部のエネルギー量に、思いをいたしたい。

機会の詩

ゲーテ「詩はすべて機会の詩（ゲレーゲンハイツゲディヒテ）でなければならない。つまり、現実が詩作のための動機と素材をあたえるのでなければいけない。ある特殊な場合が、まさに詩人の手にかかってこそ、普遍的な、詩的なものとなるのだ。私の詩はすべて機会の詩だ。すべて現実によって刺戟（しげき）され、現実に根拠と基盤をもつ。根も葉もないつくりものの詩を私は尊重しないのだ。」

（上六九頁）

『源氏物語』に、次のような一節がある。

「ごほごほと鳴神（なるかみ）よりもおどろおどろしく、踏みとどろかす唐臼（からうす）の音も枕上（まくらがみ）とおぼゆる、あな耳かしがましとこれにぞ思さるる。」（源氏物語①一五六頁）（ごろごろと、雷よりも恐ろしく、足を踏み鳴らすような唐臼の音が、〔実際は隣家から聞こえてくるのだが〕枕元で鳴り響いているように思われる。ああなんと騒々しいことかと〔光源氏は〕閉口する。）

光源氏が、夕顔の宿で一夜を過ごした際の情景である。紫式部は、唐臼の音を耳の近くで聞いたことがあったのだろう。唐臼の音は、それ自体が詩的であるわけではない。しかし、それが物語の場面に取り入れられ、登場人物や前後の事情と一体化されたとき、詩的な存在として輝いてくる。これを、ゲーテは、「機会の詩」とする。

別の例である。

「いと古めきたる御けはひ、咳がちにおはす。このかみにおはすれど、故大殿の宮はあらまほしく古りがたき御ありさまなるを、もて離れ、声ふつつかにこちごちしくおぼえたまへるもさる方なり。」（源氏物語②四六九～四七〇頁）（〔女五の宮は〕非常にお年を召したというご様子で、しきりに咳をしておられる。故左大臣の北の方は、〔女五の宮の〕姉宮でおられるが、いつまでも若々しくて、ぜひこうありたいと思うほどのご様子であるのに対して、〔女五の宮は〕姉宮と違って、声も太くて無骨な感じである。それもそれぞれの境涯による。）

光源氏が女五の宮を訪れた際の宮の様子を描いた箇所である。紫式部は、老人の老いた様子も人それぞれであることを、自身の見聞によって知っていたのだろう。

『源氏物語』は、全編、機会の詩である。

普遍性

ゲーテ「特殊なものは人の共鳴をよばないのではないかと心配する必要はない。すべての性格は、どんなに特異なものでも、みな普遍性をもっているし、描かれうるものは、石から人間にいたるまで、すべて普遍性をもっている。なぜなら、万物は回帰するのであって、ただの一度しか存在しないものなんて、この世にはないからだ。」（上九一頁）

自然現象で、特異に見えるものがあるが、まれにしか起きない現象であるので特異な現象が起きたように見えるに過ぎず、まれに起きるという原則に即して起きているのだから、まさに普遍性のある現象だと理解することができる。これと同様のことが、人間社会に起きる事象についても、言えそうである。

『源氏物語』が書かれたのは、今から約千年前、貴族社会が爛熟（らんじゅくき）期に入っていたころである。社会が爛熟してくると、さまざまな腐敗や堕落が生じるらしい。どのような腐敗や堕落が生じるかは、『源氏物語』に詳しく書かれているが、総じて言えば、現代のわが国で見られる事象にそっくりのものが多い。例えば、権力者が個人的な欲望を満足させるために権力を乱用する。権力者のまわりに、私的利益を得ようとする人々が群れ集まる。この人びとの得意とすることは「うそ」である。不正な私的利益の拡大は、やがて社会全体で支え切れないほどの規模に達する。平安時代で言えば、貴族社会の崩壊と武士の時代の到来につながる。

『源氏物語』を読み、ゲーテの言葉を味わうことによって、自然現象だけでなく、人間社会の各種の事象も繰り返すものだということが、痛切に感じられる。

『源氏物語』の映画、演劇はなぜ失敗するのか

『源氏物語』を映画や演劇にして、成功したためしがないと聞く。それはなぜか。ゲーテが答えてくれる。

ゲーテ「大詩人がすばらしく描きだした人物は、それ自体すでにただならぬ鋭い個性をもっているから、演出にあたって必ず失敗をまぬがれない。とてもふつうでは俳優に人を得られないし、俳優自身のもつ個性をどこまでも抑制しきれるものはほとんどいないからである。」（上九二〜九三頁）

要するに、大詩人が描きだした個性ある人物を、その人物になり切って演じることのできる俳優を見つけることができないからだというのである。ここで疑問が生じる。ゲーテはなぜ演出家（映画監督、舞台監督）について、何も言わないのか。それは、ゲーテ自身が舞台監督であり、大詩人の心は十分によくわかっていることを前提として話しているからである。

『源氏物語』について言うと、俳優に人を得られるかどうか以前の問題として、演出家自身の問題がある。演出家は、大詩人たる紫式部が描きだした世界にどれほど没入しているのか、紫式部と感情を共有することができているのか、演出家自身が『源氏物語』にどれほど感動しているのかなど、『源氏物語』の映画・演劇を演出するにふさわしいのかが問われなければならない。少なくとも、演出家自身が『源氏物語』を読んで、深く感動し、感激したというくらいの心意気で

ないと、俳優を感動させることができないし、適切な演技指導をすることもできない。俳優の人選は、その次の問題である。

演出家が『源氏物語』に感動し、俳優が『源氏物語』に感動してはじめて、観客にその感動を伝えることができる。これまでの『源氏物語』の映画や演劇では、これらの回路に欠陥があったのではないか。

豪華な舞台装置や衣装を調えたからと言って、紫式部の精神が観客に伝わるはずがない。

詩の説明

詩の理解の手助けのため、絵の説明のように、詩の完成に至るまでの動機を説明して、現に完成しているものに生命を与えることとしてはどうかとの、エッカーマンの提案に対して、

ゲーテ「いや、私はそうは思わないな。(中略)絵の場合とは話が別だよ。詩はね、同じ言葉というもので出来ている以上、また言葉を一つ付け足せば、他の言葉が死んでしまうのだ。」(上一〇〇頁)

『源氏物語』についてこれを考えてみる。

例えば、光源氏が次のように言う場面がある。

「かの大納言の御(み)むすめものしたまふと聞きたまへしは。すきずきしき方(かた)にはあらで、まめやか

に聞こゆるなり」（源氏物語①二一二頁）（大納言には姫君がおられると聞いたことがありますが。浮いた心からではなく、まじめにお尋ねしております。）

普通、まじめな話をしているときに、わざわざ「浮いた心からではなく、自分はまじめである」と断ることは、ありそうにない。こういうのを、「語るに落ちた」と言うのだろう。

物語の上で、光源氏は、浮いた心から尋ねているのだが、ここで作者が顔を出して、「実は、光源氏は、浮いた心から尋ねているのです」などという説明を加えるのは、間が抜けているとしか言いようがない。

優れた文学作品は、過不足のない言葉で成り立っているのだから、別の言葉で補足説明することはあり得ないことだ。

人生行路

ゲーテ「自分の人生行路にけちをつけるつもりはさらさらない。しかし、実際はそれは苦労と仕事以外のなにものでもなかったのだよ。七十五年の生涯で、一月（ひとつき）でも本当に愉快な気持で過ごした時などなかったと、いってていい。たえず石をくり返し押し上げようとしながら、永遠に石を転がしているようなものだった。」（上一二二頁）

社会的地位と名誉に恵まれ、学識や見識を備えているゲーテほどの人の人生が、それほど苦しいものであったのは、なぜなのだろうか。ゲーテが別の箇所で述べている次の言葉が、この疑問を解くヒントになりそうだ。

ゲーテ「われわれは、朝起きたときが、一番賢明である。が、また、一番心配も多い。というのは、心配はある意味で賢明と同義だ。それは、受け身の賢明さだろうが。愚者は、けっして心配をしない。」（上一八三頁）

この言葉もわかりにくいが、あえて推測すると、次のようなことであろうか。

身辺に何らかの出来事が起きたとする。賢明な人は、その出来事から波及して、どのような出来事が誘発されるかを考える。誘発されるかもしれない出来事は一つとは限らない。多くの場合、複数、さらには多数であろう。それらの出来事に対して、自分はどのように対処すべきか。多数の関係者がいる場合、それぞれの人は、どのように反応するだろうか、等々。

賢明な人は、このように、筋道だって思いめぐらすことができるから、考えるべきことは、際限なく湧き出てくる。愚者は、筋道だって思いめぐらすことができないから、途中で思考を停止する。ゲーテの言葉で言えば、「愚者は、けっして心配をしない」。

ゲーテは、「賢明な人」であったから、多くの心配に取り巻かれて、人生の大部分を過ごしてきたに違いない。

今試みに、『源氏物語』の登場人物のうちから、「賢明な人」と「愚者」を挙げてみよう。「賢明な人」としては、紫の上と浮舟とを挙げたい。この二人は、人生において遭遇する様々な出来事に真正面から向き合い、思いをめぐらし、悩み、そして自分として納得のいく結論を出して、生きた人であった。

これに対して、自分の行為によっていかなる結果が生じるかを真剣に考えようとせず、何らかの結果が生じた場合にも、その結果について、良心の呵責（かしゃく）に悩んだり、罪悪感を抱いたりすることがなく、責任をとろうとしない人物。光源氏はそのような人物であった。すなわち、光源氏は「愚者」であった。さらに言えば、光源氏のような人物を、サイコパスと呼ぶのだろう。

時代の不思議

ゲーテ「時代というものは不思議なものだよ。暴君のようなもので、むら気であり、世紀がかわるたびにひとの言動に対して、別人のような顔をしてみせる。古代のギリシャ人なら、堂々と言えたことも、われわれだと、もう言ってもしっくりこない。シェークスピアのたくましい同時代人には、喜ばしかったものが、一八二〇年のイギリス人には、もう耐えられないので、最近では、家庭版シェークスピアの必要が、感じられるほどなのだ。」（上一三二頁）

ゲーテの言葉は、そのまま『源氏物語』について言えることである。池田亀鑑（いけだきかん）博士は、次のように論じておられる。

「源氏物語は清少納言の枕草子と並んで、十世紀末から十一世紀初頭にかけて、世界文学史をかざる秀作であつたが、東洋の海上に孤立したわが国の国情は、その業績を世界に示すことは出来なかつた。そればかりでなく、長い間わが国を支配してきた封建的世界観は、この物語そのものに対してもかなりの酷評を下した。ある者は、武士とその道徳が描かれてゐないから纖弱であるといひ、或る者は、固有の日本精神が外来の文化によつて歪められてゐるから亡国的であるといつた。またある者は仏教や儒教の道徳に合致しないから悖徳の書であるといひ、或る者は、節度のない恋愛が描かれてゐるから乱倫の書であるといひ、甚しきは、故意にわが皇室史と混同せしめて、不敬の書であるとまで極言した位であつた。」（池田亀鑑校註『源氏物語一』一〇一〜一〇二頁、日本古典全書、朝日新聞社、昭和二一年）

また、池田弥三郎氏の解説によると、谷崎源氏（旧訳）は昭和十六年七月にようやく完結したが、「『賢木』の巻の一部が、皇室の尊厳を犯すという理由で当局の忌諱に触れる怖れがあったために、訳者は自発的に削除してしまった。」とのことである。（潤一郎訳『源氏物語巻一』（改版）四九二頁、中公文庫、一九九一）

以上のような各時代の流れにかかわらず、偉大な傑作は、時代を超えて、生き続けてゆく。

（参考）シェークスピア　一五六四〜一六一六　イギリスの劇作家・詩人。
纖弱（せんじゃく）かよわいこと。

悖徳（はいとく）徳義にそむくこと。
忌諱（きい。正しくは、きき）いみきらうこと。

世界史的事件

ゲーテ「私は、たいへん得をした。（中略）つまり、最大の世界史的事件が、まるで日程にのぼったかのように起こり、それが長い生涯を通じて起こりつづける時代に生まれあわせたからだ。おかげで、七年戦争をはじめとして、アメリカのイギリスからの独立も、さらにはフランス革命も、最後にはナポレオン時代の全部、この英雄の没落とそれにつづく諸事件にいたるまで、一切を私は、この目でみた生き証人なのだからね。このため、私は、現在生まれてくる人たちが持つかもしれないものとは全く違った結論や判断に到達したのだ。彼らは、例の大事件を、書物を通じて学ぶほかはないし、それでは真実は理解できないのだ。」（上一三四頁）

『源氏物語』を書いた紫式部は、どのような事件に遭遇しただろうか。

花山（かざん）帝は、九八六年、騙（だま）されて出家され、退位された。帝を騙した実行行為者は藤原道兼（ふじわらのみちかね）であるが、首謀者は道兼の父で右大臣である藤原兼家（かねいえ）であった。このとき、紫式部の父為時（ためとき）は、式部大丞（しきぶのだいじょう）であったが、帝の出家・退位により、官職を失った。いわば失業である。紫式部の生年を一応九七三年とすると、このとき十四歳である。これ以後、為時が越前守に任じられる九九六年までの十年間、為時は散位（位階があって、官職がない）のままであった。

帝を騙して退位させた張本人である兼家は、摂政になって、政治権力を握った。これ以後、兼家や兼家の長男道隆らの栄華の時期が続く。為時らの憤りは激しいものであっただろう。紫式部は、父為時と憤りを共有し、その憤りが『源氏物語』執筆のエネルギー源となった。

これ以外の事件としては、平将門や藤原純友の乱は九四〇年ごろのこと、左大臣源高明が左遷された安和の変は九六九年のことで、それほど年月が隔たっているわけではない。また、菅原道真が太宰府に左遷されたのは九〇一年のことなので、紫式部の時代とは約一〇〇年隔たっているが、九九三年六月には道真に左大臣正一位、同年閏十月にはさらに太政大臣が贈られた。道真の怨霊が相当元気を出しているらしい。

これらの事件の直接・間接の経験が、『源氏物語』の執筆に大きく寄与したに違いない。

政治という職業

ゲーテ「いちばん合理的なのは、つねに各人が、自分のもって生れた仕事、習いおぼえた仕事にいそしみ、他人が自分のつとめを果すのを妨害しないということだ。靴屋は、靴型の前にいつもいればよいし、農夫は、鋤を押していればよいし、君主は国を治める術を知ればよいのだ。というのは、政治というものもまた、学ばなければならない職業の一つであり、それを理解しないような者が、さし出がましいことをしてはいけないのだ。」（上一三五頁）

光源氏は、子息の夕霧（ゆうぎり）の元服に際して、夕霧の位階を、無理をすれば四位とすることができるのに、それよりもかなり下位である六位とした。そのうえで、大学寮に入れて、学問をさせることにした。その理由を、光源氏は次のように説明する。

名門の子弟として、官位も思いのままに昇進し、心がおごってしまうと、学問など苦しいことから遠ざかることになる。世間の人々は、内心では舌を出していながら、表面では上手に追従（ついしょう）する。そうすると、自分もひとかどの人物になったかと錯覚するが、時勢が変わって頼れる人がいなくなると、人々から軽蔑されるのが落ちだ。当座はもどかしいようだが、学問を基本としてはじめて、世の中で重んじられることになるのだ。

紫式部は、政治を担うにはそれにふさわしい学問が必要だと、明確に意識していたことがわかる。

来世のこと

ゲーテ「不死の観念にかかずらわるのは（中略）上流階級、ことに何もすることのない有閑マダムにうってつけだ。しかし、この世ですでにれっきとしたものになろうと思い、そのため、毎日毎日努力したり、戦ったり、活動したりしなければならない有能な人間は、来世のことは来世にまかせて、この世で仕事をし、役に立とうとするものだ。その上、不死の思想などというものは、現世の幸福にかけては、最も不運であった人たちのためにあるのだよ。」（上一三八頁）

光源氏が夕顔の宿に泊まった。明け方近く、隣家から、仏様に額づく、年寄りじみた声が聞こえてくる。以下は、これを聞いた光源氏の感想。この世は朝の露に異ならない、はかないものであるのに、何を欲張って、どんなご利益を仏様にお願いしているのか。

光源氏は、「あれをお聞きなさい。あの年寄りは、この世のことだけでなく、来世のことまでお願いしているのです。」と夕顔に言って、歌を詠む。

光源氏「優婆塞が行ふ道をしるべにて来む世も深き契りたがふな」（源氏物語①一五八頁）（優婆塞がお勤めをしている仏道に導かれて、来世でも私たち二人が交わした約束にそむかないでください）

光源氏は、弥勒菩薩がこの世に姿を見せられる遠い将来のことを約束しようとするが、ここで作者の紫式部がそっと顔を出して、「行く先の御頼めいとこちたし」（同）（そんな遠い将来のこと、なんとまあ大袈裟なこと！）

夕顔「前の世の契り知らるる身のうさに行く末かねて頼みがたさよ」（同一五九頁）（前世からの因縁のつらさを思い知っていますから、これから先のことなど、とても頼りにすることはできません！）

夕顔は、薄幸の人であった。両親はすでに亡くなった。ふとしたきっかけで頭中将と知り合った。頭中将は三年ばかり熱心に通ってきていたが、頭中将の正妻の実家である右大臣側から脅迫されて、身を隠していたところを、光源氏に見つけられた。さらに、物語では、この後、夕顔は、光源氏とともに赴いた「なにがしの院」で、命を落とすことになる。

紫式部は、来世があることを信じていなかっただろうが、薄幸の夕顔を慰めるために、来世があるかのように物語を組み立てたものと解する。

最高級の作品に接する

ゲーテは、エッカーマンに、フランス画家の粋な絵を示しながら言う。

ゲーテ「趣味というものは、中級品ではなく、最も優秀なものに接することによってのみつくられるからなのだ。だから、最高の作品しか君には見せない。（中略）私が、それぞれの種類のうちの最高作を見せるのは、どんな種類のものも軽視せずに、偉大な才能がその種類の頂点を示していさえすれば、どんな種類だって楽しいのだ、ということをわかってもらいたいためだ。」（上一四〇頁）

ゲーテのこの言葉によると、絵画だけでなく、彫刻も、音楽も、さらには文学作品も、最高級の作品に接すること、言い換えると、最高級の偉大な才能に接することが大事である。

私たちは、エッカーマンのおかげでゲーテという大人物の生活と意見に親しく触れている。また、紫式部という天才作家と彼女が書いた最高級の文学作品『源氏物語』に触れている。天才に触れる喜びを、つくづくと噛みしめる。

優秀な人物のなかには

ゲーテ「優秀な人物のなかには、（中略）何事も即席ではできず、何事もおざなりに済ますことができず、いつも一つ一つの対象をじっくりと深く追求せずにはいられない性質の持主がいるものだ。このような才能というものは、しばしばわれわれにじれったい気を起こさせる。すぐさま欲しいと願うものを、彼らはめったにみたしてはくれないからだね。けれども、こういう方法でこそ、最高のものがやりとげられるのだよ。」（上一四六～一四七頁）
ゲーテのこのあたりの言葉を読むと、ゲーテは紫式部という人物を知っていて話しているのではないかと思われてくるほど、紫式部にぴったりの言葉である。
藤原道長は、紫式部を中宮彰子に仕えさせるよう、紫式部の父為時に求めた。紫式部としては、現に『源氏物語』を執筆中であり、しかもその内容は貴族社会に多く見られる理不尽を批判するものであるから、時の権力者のそのような求めに応じることなど、論外だと考えるほかない。

為時としては、紫式部の思いが痛いほどわかる。しかし、かつて越前守に任じられたことについて、道長に恩義がある。また、権力者が熱心に言われることを貴族社会に生きる者として拒むべきではないだろう。そう考えて、為時は紫式部を説得し、紫式部は、父の意向を受けて、出仕することにした。

道長の心づもりとしては、かつて皇后定子のもとで形成されていた華やかなサロンと同じ趣向のものを、中宮彰子のところに作りたいということであったらしい。定子のもとには清少納言がいた。紫式部なら清少納言に引けを取らないだろう。

ところが、実際に紫式部が出仕して彰子に仕えている様子を見ていると、紫式部は、才気煥発というような様子が見えず、いたって静かな人である。まさしく、ゲーテの言う「じれったい気を起こさせる」人である。道長は、人選を誤ったと思っただろう。念のため、北の方である倫子の意見を聞いてみると、道長とは全く違う見方をしている。倫子は、道長よりも、人を見る目があるらしい。倫子は、紫式部のように落ち着いた、冷静に物事を見る人が、中宮彰子のためにぜひとも必要なのですという趣旨の返事をする。しかも、中宮彰子自身が、紫式部に親近感を持っているようだ。『紫式部日記』によれば、中宮彰子は、「いとうちとけては見えじとなむ思ひしかど、人よりけにむつましうなりにたるこそ」（紫式部日記二〇六頁）（あなたと打ち解けてつきあうことができないだろうと思っていましたが、ほかの人よりもずっと親しくなれました）と言っているとのことである。

紫式部は、『源氏物語』を書くという大きな仕事をなし遂げたが、それにとどまらず、中宮彰子を教育するという大仕事を見事にやり遂げた。

魔法の杖

ゲーテ「私も、まだ向う見ずで、無意識的衝動にかられ、前進しようと努めていたけれども、
私は、正しいものをわきまえる感情、どこに金鉱があるかをしめしてくれる魔法の杖は持っていたのだよ。」（上一四九頁）

ゲーテが「魔法の杖」を持っていたのと同じように、紫式部もまた、ゲーテの杖に劣らない性能の「魔法の杖」を持っていた。

紫式部の杖は、貴族社会の腐敗や堕落、滑稽さや愚かしさに鋭敏に反応して、検知する機能を備えていたようだが、それにとどまらず、やがて貴族間で武力による争いが起き、貴族社会そのものが崩壊するに至るのではないかということまでも検知する機能があったようだ。紫式部は、この「魔法の杖」の機能を存分に活用して、『源氏物語』を書いた。

このような「魔法の杖」を持っている人のことを、「天才」と呼ぶのだろう。

作家の文体

ゲーテ「作家の文体というものは、その内面を忠実に表わす。明晰な文章を書こうと思うなら、その前に、彼の魂の中が明晰でなければだめだし、スケールの大きい文章を書こうとするなら、スケールの大きい性格を持たなければならない。」（上一六四頁）

『源氏物語』のスケールは、大きい。三世代五〇〇人を数える人々の人生が書き綴られているという、時間的・空間的なスケールの大きさだけではない。帝を中心とする貴族社会において、帝になることのできない人物が帝の位に即くという、発想のスケールの大きさに、驚かざるを得ない。

『源氏物語』の文体は、明晰である。物語を読んでいて、なぜそういうことが起きるのかという疑問が生じることがあるが、物語のどこかに必ず、その疑問に対する答えあるいは有力なヒントが書かれている。

例えば、八の宮（桐壺帝の第八皇子）はなぜ浮舟を自分の子だと認めなかったのか。八の宮が経済的に豊かでなく、大君（おおいぎみ）、中の君（なかのきみ）に加えて、三人目の姫君を育てる自信がなかったからである。なぜ八の宮は経済的に豊かでなかったのか。光源氏が明石（あかし）から都に復帰して権力を握った後、官職や待遇において、八の宮は冷遇されたからである。なぜ八の宮は冷遇されたのか。後の冷泉帝（表向きは桐壺帝の第十皇子、実は光源氏と藤壺の間に生まれた不義の子）が東宮であったころ、弘徽殿大后（こきでんのおおきさき）が東宮廃立運動において八の宮を東宮にしようと企てたが、失敗に帰したため、以後、八の宮は冷遇されたのである。なぜ大后は東宮廃立運動を行ったのか、等々。

以上のように、『源氏物語』は、スケールが大きく、明晰な文章で書かれている。ゲーテの言葉に従って言えば、この物語を書いた紫式部という人は、その魂が明晰であり、スケールの大きい性格であったということになる。

『源氏物語』と『紫式部日記』とを丹念に読んで受けた印象は、まさにそのとおりであった。

自立した個人

ゲーテ「他人（ひと）を自分に同調させようなどと望むのは、そもそも馬鹿げた話だよ。私は、そんなことをした覚えはない。私は、人間というものを、自立的な個人としてのみ、いつも見てきた。そういう個人を探究し、その独自性を知ろうと努力してきたが、それ以外の同情を彼らから得ようなどとは、まるっきり望んでもみなかった。だから、現在ではどんな人間とも付き合うことができるようになったわけだが、またそれによってのみ、はじめて多種多様な性格を知ることもできたし、人生に必要な能力を身につけることもできたのだ。性に合わない人たちとつきあってこそ、うまくやっていくために自制しなければならないし、それを通して、われわれの心の中にあるいろいろ違った側面が刺戟されて、発展し完成す

るのであって、やがて、誰とぶつかってもびくともしないようになるわけだ。」（上一七〇頁）

以上のようなゲーテの言葉から浮かび上がってくるのは、紫式部の生き方である。

紫式部は、自分の意見や思いをあらわにしない人である。例えば、亡夫宣孝が残した漢籍を取り出してみていると、女房たちが、「あのようなことをなさるから、幸せが少ないのです。どうして女の身で漢籍をお読みになるのでしょう。昔は、お経を読むことさえ、止められたのに。」と陰口を言う。内心では、まじめに物忌みをした人が長生きをしたことなど聞いたことがないと言いたくなるけれども、思いやりがないようだし、女房たちの言うことにも一理あるので、何も言わない。

中宮彰子に出仕してからのこと、左衛門の内侍という人が紫式部のことを「日本紀の御局」というあだ名をつけて陰口をたたいていることを耳にしてからは、屏風に書かれた文字さえ読まないふりをしていたという。

また、何かにつけてケチをつけるタイプの人とやむを得ず対座するような場合、紫式部は何も言わないでいるから、相手は彼女の本心に気づかないで、気後れしているのだと思ってしまう。実際は、気後れしているのではなく、ケチをつけられては面倒だから、紫式部は、愚か者であるかのような顔をしているだけである。

紫式部がこうありたいと思う女性像としては、様子が見苦しくなく、人柄が穏やかで、落ち着いた雰囲気であることを基本としていることで、そうすれば品位も情趣も見えて、安泰である。

以上は、紫式部自身が『紫式部日記』に書いているところによる。紫式部は、このような心構えで、教育係として中宮彰子に、長年にわたって仕えた。自立した個人としての自覚が、紫式部の生活態度の基本であったと考える。

青春の過ち

ゲーテ「人は、青春の過ちを老年に持ちこんではならない。老年には老年自身の欠点があるのだから。」(上一八三頁)

『源氏物語』で、若いころに好き勝手なことをして女性たちを振り回した光源氏。彼はその後始末をしたのか、しなかったのか。そして、どのような人生の晩年を迎えたのか。

葵の上は、左大臣の姫君で、光源氏の正妻である。葵の上は、心の底から叫んだ。「問はぬはつらきものにやあらん」(源氏物語①二二六頁)。このとき、光源氏十八歳、葵の上二二歳。葵の上の立場からすれば、光源氏は自分の夫であるはずなのに、ごくまれにしか左大臣邸に姿を見せない。左大臣を先頭にして、みんなで光源氏をこんなに丁重に扱っているのに、それを何とも思っていないらしい。左大臣邸に来るとき以外は、どこでなにをしているのやらわかったものではない。たとえ尋ねても、聞き苦しい「うそ」しか言わないだろう。だから自分は尋ねないのだが、それはそれで苦しいことだ。

　これに対して、光源氏は、「たまに口をきいてくださったと思うと、驚いたことを言われるのですね。『問はぬ』などと言うのは、私たちの立場にふさわしくありません。情けない言い方をされるものです。常々情けない仕打ちをなさいますが、いずれ思い直してくださることもあるだろうと、私なりにあれこれ試していますが、ますます疎ましくお思いなのですね。まあ、命さえあればそのうちに。」と言う。要するに、光源氏は、葵の上がどのような思いでこの言葉を発したのか、全く理解することができなかったのである。

　それから四年後、葵の上は、光源氏の子（後の夕霧）を遺して、二六歳で急逝した。光源氏は、葵の上の心からの叫びの意味を明確に理解することができなかったが、夫として冷たいではないかという非難の心が込められていると感じとったのだろう。光源氏は、葵の上の喪が明けるまで、左大臣邸に籠っていた。その結果、左大臣やその子息である頭中将との円満な関係を維持し、夕霧の養育を左大臣の北の方である大宮に委ねることができた。

　このように、光源氏は、葵の上との関係における若き日の過ちを晩年に持ちこむことを、かろうじて免れた。

　紫の上は、光源氏の愛妻である。光源氏は、四七歳の年の春の日、自分の過去を振り返って、栄華と悲嘆に満ちた人生だったと言い、次いで、紫の上に、「私が須磨に退去してお別れした以外には、心が乱れるようなことはなかったでしょう。后（きさき）などの高い身分の方であっても心穏やかではいられない悩みがあるものです。あなたはまるで親の家にいるように、安穏に過ごしてこられました。その点で、ほかの人と比べようのないほどの幸運に恵まれているのだということがわかっておられるのでしょうか。女三の宮を六条院にお迎えしたことは、面白くないことでしょうが、私のあなたへの思いはますます深まっていることに、お気づきになりませんか」と語る。

これに対して、紫の上は、「のたまふやうに、ものはかなき身には過ぎにたるよそのおぼえはあらめど、心にたへぬもの嘆かしさのみうち添ふや、さはみづからの祈りなりける」（源氏物語④二〇七頁）と返事をする。この返事のうちの後半部分、「心に耐え切れないほどの嘆かわしさがこの身から離れません。このような嘆かわしさを乗り越えることができますようお導きくださいと、祈り続けてきました」という箇所が、特に印象的である。

暑い季節になり、紫の上は衰弱してゆく。光源氏の心痛はひととおりのものではないが、紫の上は考える。このまま死んでしまっても、自分としてはもう思い残すことはないが、光源氏が取り乱している様子から判断して、「むなしく見なされたてまつらむがいと思ひ隈（ぐま）なかるべければ」（同二四二〜二四三頁）、すなわち、私が死んだとただ思うだけで、私のこれまでの苦悩を思いやろうとしないだろうから、このままでは死ねない。自分（紫の上）が限りない苦悩を背負って生き、光源氏と決別して死んだということが光源氏にはっきりとわかる形で死のう、これからそのための準備をしよう。

その後も紫の上は病気がちだが、数年をかけて、死ぬまでの手筈、死んだ後の手筈を整えた。風の吹く夕暮、紫の上が前栽（せんざい）を見ようとして脇息（きょうそく）に寄りかかっているところへ光源氏が姿を見せた。紫の上、光源氏、明石の中宮の三人が歌を詠み交わした直後、紫の上は、「今は渡らせたまひね。乱り心地いと苦しくなりはべりぬ。言ふかひなくなりにけるほどといひながら、いとなめげにはべりや」（源氏物語④五〇五～五〇六頁）と言った。そのとたんに、女房が几帳（きちょう）を引き寄せて、光源氏と紫の上とを隔ててしまった。死の床にあって、紫の上は、光源氏に「もう顔もみたくないから、お下がりなさい」と宣言したのだから、光源氏は驚いた。中宮は、思わず紫の上の手を握りしめて、「これはどういうことですか」と尋ねるが、紫の上は何も答えず、そのまま夜が明けるころ亡くなった。このとき、紫の上四三歳。

紫の上の葬儀を済ませた後、光源氏は、寝ても覚めても涙の乾くときがない。幼いころからのわが身を思い返してみて、この世の無常を知ろうともしないで強情を張って今日に至り、後にも先にも例のないほどの悲しい目に遭ってしまったと嘆く。紫の上が光源氏に決別して死んでいったことが、光源氏の心に重くのしかかってくる。

年が改まっても、光源氏の苦しみは一向に晴れない。紫の上が女性問題で恨めしく思っていた折々のことが思い出される。朝顔のこと、明石の君のこと、女三の宮のことなど、紫の上は、口には出さないけれども、そのつど心を痛めていたとのこと、その折々の事情を知っている女房で、紫の上の様子を話す者もいる。

一周忌が近づいてきたので、夕霧が「どのようになさいますか」と尋ねるが、光源氏は「特別なことをしようとは思わない。なにがしの僧都（そうず）と相談してあるはずだから、僧都の言うとおりにすればよい」とそっけなく答える。光源氏が紫の上のためにするべきことは、何も残されていない。

光源氏のまわりには、光源氏に寄り添って心の支えになってくれる人は、もう誰もいない。若いころから身の回りの問題をていねいに後始末してこなかったつけが、晩年の光源氏を責め立てる。華やかだった人生がことごとく崩れ去っていった。

詩の真の迫力・感動

ゲーテ「詩の真の迫力とか感動というのは、情景の中にあるのだし、モティーフの中にあるということには、だれも考えが及ばない。このため、詩はどんどんつくられてはいるものの、モティーフはまったくゼロ、ただ感受性やひびきのよい詩句を使って、なんとなく詩がありそうに見せかけているにすぎないのだ。」（上二〇八頁）

ここで、「モティーフ」とは何か。言葉を置き換えることを考えれば、「主題」でよいのだろうが、それでは、ゲーテが何を言おうとしているのか、よくわからない。思うに、「モティーフ」とは、作者が迫力をもって読者に伝えたいと思っている主張や感動であろう。

『源氏物語』以前、世の中には数多（あまた）の物語が存在していたようだ。それらの物語は、女性や子どもたちの娯楽として役立っただろうが、長く読み継がれることはなかった。真の迫力や感動に欠けていたのだろう。これに対して、『源氏物語』は、作者が迫力をもって主張や感動を書き綴ったものであるから、読み継がれて、今日に至ったのだと考えられる。

今日の状況を見ると、小説がどんどん書かれている。芥川賞と直木賞を受賞した作品だけでも、相当数に上るはずだ。それ以外に、○○新人賞の類もたくさんあるらしい。それらの小説を書いた人たちは、その後も小説を書いているのだろうか。多くの人びとに読まれているのだろうか。

そう言えば、わが国の作家で、ノーベル文学賞を受賞した人がいたが、それらの人たちの作品は、その後、多くの人びとに感動をもって読まれているのだろうか。

外観だけは立派な作品であるように見えるが、実（じつ）を伴わない小説が世の中にあふれているのではないか、と言うのは、素人（しろうと）のたわ言か。

高級貴族の生態

ゲーテ「バイロンにとっては、イギリス貴族という高い地位が非常にマイナスになった。才能のある人物はだれでも、側（はた）から煩（わずら）わされるものだが、まして彼のように高貴な生まれで、恒産を有しているばあいは、なおのことそうなる。中流程度の暮しのほうが、才能ある人物には、はるかにましだね。だから、芸術家や詩人で偉大な人はみんな中流階級から出ている。バイロンの無制限なものへの傾倒も、もしもっと卑しい生れで、財産も僅かなものであったら、とてもあれほど危険なものにはならなかったかもしれない。ところが、どんな気まぐれでも実行に移すことのできる立場にあったから、むやみやたらに、もめごとに巻きこまれてしまった。（中略）彼は胸中にきざしたものはそのまま口にした。そのために、世間を相手に、いつはてるとも知らぬ葛藤にまきこまれてしまったのだ。」（上二二六〜二二七頁）

ゲーテ「驚かざるを得ないのは（中略）高貴でしかも金持ちのイギリス人の、人生の大半が、誘拐事件や決闘についやされているという点だ。バイロン卿自身もいっているが、彼の父親は、三人の女を誘拐したそうだ。だから、これでも分別のある息子なのだ！　と。」（上二二七頁）

紫式部は、ゲーテの言うように、中流貴族の生れである。父為時は、十年にわたって散位（失業状態）であり、その後、ようやく越前守に任じられた。要するに、高級貴族から「受領（ずりょう）階級」と侮（あなど）られる立場であった。しかし、幸いにして、その日の生活に困るほど貧窮であったわけではなく、教養のある家族に恵まれていた。『源氏物語』は、このような環境の中で生まれた。『源氏物語』の登場人物に関して言えば、光源氏は、幼い少女（後の紫の上）を、関係者の了解を得ることなく、自邸である二条院に連れ込んだ。「誘拐」である。光源氏は、バイロン卿と同じく「どんな気まぐれでも実行に移すことのできる立場にあった」。光源氏にとって幸いだったことは、紫の上がまだ幼い少女であったから、有力なライバルはなく、したがって、決闘を覚悟する必要がなかったことである。

高級貴族の生態は、洋の東西を問わず、よく似たもののようである。

（参考）バイロン　一七八八〜一八二四　イギリスの詩人。

まちがった努力と心の内の宝石

ゲーテ「全体の中へ入っていく厳しさもなければ、全体のためになにか役に立とうという心構えもない。ただただどうすれば自分を著名にできるか、どうすれば世間をあっといわせることに大成功するか、ということだけをねらっている。こういうまちがった努力が、いたるところに見られる。最近の名演奏家ときたら、聴衆が純粋な音楽をたのしめるような曲目には目もくれないで、むしろ自分の腕のよさを感嘆させることができるような曲目を選んで演奏しているが、みんながそれを見ならっている。（中略）どこへいっても、全体のため、仕事のために自分自身のことなど気にならないような誠実な努力家は見あたらない。」（上二三〇〜二三一頁）

『源氏物語』の冒頭に登場する桐壺更衣の亡き父大納言は、生前、娘を帝の後宮に入内させたいと強く願っていた。亡くなるときには、「自分が死んだからといって、入内の志を棄ててはならない」と遺言した。大納言の北の方は、大納言亡き後、女手一つで娘を桐壺帝の後宮に入内させた。桐壺更衣である。

大納言が娘を入内させたいと強く願ったのは、どのような理由によるものだっただろうか。推測するに、一門の繁栄・栄華と娘の幸せが考えられるが、これは同時に、大納言自身が貴族社会において人々の羨望の的になることであっただろう。

入内した更衣は、桐壺帝から寵愛され、玉のような男皇子を授かった。光源氏である。大納言と北の方の願いどおりの展開である。しかし、大納言も、北の方も、その後に何が起きるかを見通す力も、想像する力も、持っていなかった。

結局、後宮の他の女御や更衣たちの嫉妬の嵐の中で、更衣は、病を得、「よこさまなるやうにて」亡くなった。更衣が手にしたように見えた幸運は、かりそめの幸運に過ぎず、更衣に幸せをもたらさなかった。大納言の願いも、北の方の努力も、ゲーテの言うところの「まちがった努力」だったのだ。

ゲーテが言う「名演奏家」の話は、筆者も経験したことがある。数年前、有名な女性ピアニストの演奏会があるとのことで、期待して行った。ところが、聞いたこともない曲目、聞き覚えのないメロディー、演奏の技術を見せびらかしているとしか思えない演奏会で、全く楽しむことができずがっかりした。二百年前のドイツにも同じような演奏家がいたことがわかった。なお、わが国の女性演奏家の名誉のために言えば、右のピアニストとは別人のピアニストの演奏会で、心のこもった演奏に感激した経験もあることを、付け加えておこう。

それでは、どのような心構えで臨むべきなのか。ゲーテは、別の箇所で、次のように述べている。

ゲーテ「人間が名を顕わすのは、その人に有名になる素質が備わっているからだよ。名声は求めて得られるものではない。それをどんなに追いまわしたところで、無駄さ。利口に立ちまわって、いろいろと策を弄し、まあ一種の名声を挙げることはできるかもしれないが、心の内に宝石がなければそれは空しいもので、永続きするはずもないよ。」(下二八六頁)

大納言も、有名な女性ピアニストも、心の内に宝石がなかったのである。

多面的な知識・教養

エッカーマン「多くの専門を概観し、判断し、指導することを本分とする者は、またできるだけ多くの専門にわたって洞察できるように努力すべきである。だから、君主や未来の政治家は、いかに多面的な教養を身につけていても十分すぎるということはない。すなわち多面的であることが、その人の職業なのだから。

同様に、詩人もさまざまな知識を持つよう努めるべきである。なぜなら、世界全体が彼の素材であり、それをどう取り扱い、表現するかを理解しなければならないからである。」(上二三三〜二三四頁)

紫式部は、多面的な人である。『源氏物語』の登場人物は五〇〇人にものぼるが、それぞれ異なったタイプの人物を造形し、上は帝から下は下働きの人に至るまで、物語のそれぞれの場面に最もふさわしい人物を登場させている。紫式部の人間観察の目は、視野が広く、しかも鋭い。紫式部が多面的であるのは、人間観察だけではない。文学の方面では、和歌はもとより、漢詩、漢籍、さらには経典に関する知識も豊富である。また、楽器、書、お香など、『源氏物語』の記事は、各方面に及んでいる。

これらを素材として、紫式部は、『源氏物語』を書いた。それが、この物語の奥深さを形作っている。

独創性

ゲーテ「独創性ということがよくいわれるが、それは何を意味しているのだろう！　われわれが、生れ落ちるとまもなく、世界はわれわれに影響をあたえはじめ、死ぬまでそれがつづくのだ。いつだってそうだよ。一体われわれ自身のものとよぶことができるようなものが、エネルギーと力と意欲の他にあるだろうか！　私が偉大な先輩や同時代人に恩恵を蒙（こうむ）っているものの名を一つひとつあげれば、後に残るものはいくらもあるまい。」（上二四一〜二四二頁）

ゲーテ「とはいえ、その場合でも、われわれが人生のどんな時期に、他の立派な人物の影響をうけるか、ということはけっして無視できない問題だ。」（上二四二頁）

ゲーテ「レッシングにせよ、ヴィンケルマンにせよ、カントにせよ、みんな私より年長で、前の二人からは青年時代、あとのひとりからは老年時代に影響をうけることができたのは、私にはたいへん有難いことだったよ。」（同）

『源氏物語』の解読において、「光源氏はうそつきだ。」と、私（睦子）は気がついた。ながらく私の独創的な読み方だと思っていたが、はたしてそう考えてよいのかどうか、自信がなくなってきた。というのは、カント哲学の講義で中島義道先生が「私は三十年考えてきましたが、やはり『うそ』はいけないことですねえ。」と言われたのをヒントにして、「うそ」が『源氏物語』を読み解くキー・ワードになると直感したのだから、私の独創だとは言い切れない。

カント哲学と『源氏物語』とを結びつけたのは独創だと言えるかもしれないと考えてみるが、「光源氏はうそつきだ。」と言うこと自体、紫式部が創造した世界の中の人物について論じているに過ぎないから、私は紫式部の掌（てのひら）の上で踊っているばかりで、私の独創はどこにあるのか、わからなくなる。

ゲーテの言葉にあるように、私たちの独創と言えるものは、いくらもなさそうである。そして、多くの先人の影響あるいは恩恵を受けていることは確かだ。

『源氏物語』の解読に関して言えば、誰よりもまず紫式部。次いで、私たち初学者が『源氏物語』に近づくことができるようにしてくださった池田亀鑑博士と『源氏物語』を口語訳された円地文子氏。また、阿部秋生・秋山虔・今井源衛・鈴木日出男校注・訳『源氏物語』①～⑥（新編日本古典文学全集二十～二五、小学館、一九九四～一九九八）の編纂（へんさん）に当たられた方々。この小学館本なくしては、私たちの『源氏物語』解読作業はあり得なかった。

さらに、カントとカント哲学の講義をしてくださった中島先生。そして、ゲーテ。ゲーテの言葉を的確に書きとめてくださったエッカーマン。さらに言えば、エッカーマンが書いた本を日本語に翻訳してくださった山下肇氏。『ゲーテ格言集』を編訳された高橋健二氏。

忘れてならないのは、千年にわたって『源氏物語』を今日まで守り伝えてくださった多くの人びと。

これらの皆様に、深甚なる敬意と謝意を表します。

（参考）レッシング　一七二九～八一　近代ドイツ文学の理論と実際における開拓者。
ヴィンケルマン　一七一七～六八　古代美術史研究の創始者。
カント　一七二四～一八〇四　ドイツの哲学者。

行動と結果

ゲーテ「われわれの行動には、すべて結果がともなうが、利口な正しい行動が、必ずしも好ましい結果をもたらすとはかぎらないし、その逆の行動が必ずしも悪い結果を生むわけでもなく、むしろ、しばしばまるっきり正反対の結果になることさえあるね。」（上二五二頁）

ゲーテの言うとおりだとすると、私たちは、どのように行動すればよいのだろうか。運を天にまかせるほかないのか。このような疑問に対する答えを、『源氏物語』に見つけることができる。『源氏物語』五十四帖の最後の巻は、「夢浮橋（ゆめのうきはし）」の巻である。ほかの諸巻には、それぞれの巻に出てくる語句や事物にちなんだ巻名がつけられているが、「夢浮橋」の巻には、「夢浮橋」という語句は見えず、これに相応する事物も見当たらない。『源氏物語』の最後の巻の巻名であるから、作者の相当の思いがこめられているに違いない。

この巻名は、古来、次の古歌と関係があると言われている。

古歌「世の中は夢のわたりの浮橋かうち渡りつつ物をこそおもへ」

（人の世は、夢見心地で、不安定な浮橋を渡っていくようなもの。しっかり足を踏みしめ、自分で考えをめぐらして、慎重に渡っていくほかない。）

人は、人生行路において、さまざまな出来事に遭遇する。眼前に展開する出来事に右往左往するのではなく、まず自分の目で見据え、熟慮の上、一歩ずつ慎重に、同時に決心した以上は迷わずに、歩を進めていく。そこでどのような苦難に遭遇しようとも、自ら納得して決めた道だから、何が起きても後悔することはない。そのように生きてこそ、「自分の人生を生きた」と実感することができる。

これが、紫式部の到達した境地であった。

悪い社会と良い社会

ゲーテ「私は、いわゆる悪い社会というものを、良い社会についていうべきことを入れるための一つの樽（たる）とみなしている。それによって、私は、詩的な実体、さらに、多様な実体を獲得したというわけさ。しかし、もし私が、良い社会を、いわゆる良い社会をとおして描こうとしていたなら、だれもこの本など読んではくれなかっただろうね。」（上二五四頁）

ゲーテが言うように、王様もお妃様も王子・王女たちもみな、人格高潔で、人びとから敬愛されているような社会の物語を書いても、そんなおとぎ話のような物語に、誰も関心を持たないだろう。紫式部は、桐壺帝も藤壺中宮も皇子である光源氏も、人格に欠陥があって、人びとから高貴な人として扱われるが、必ずしも敬愛されていない物語を書いた。ゲーテの言い方に即して言えば、現にある社会が悪い社会であることを指摘するとともに、そのような社会をいかにして良い社会に改革するかが、紫式部の問題意識であった。

ところが、従来の『源氏物語』の解釈では、桐壺帝の御代は聖代（せいだい）、藤壺中宮は理想の女性、光源氏は理想的人物として理解したうえで、読み継がれてきた。そんなおとぎ話のような、誰も関心を持たないだろうと思われる解釈の上に立って、千年間も読み継がれてきたのは、なぜか。紫式部の人間観察の力、人間関係の描写の的確さが読者を惹きつけたのだろう。

小さなものにひそんでいる高いもの

ゲーテ「『ヴィルヘルム・マイスター』の、ちょっと見たところつまらない付け足しのようなところにも、その根底には、必ず一段と高いものがひそんでいるのだよ。ただ重要なのは、小さなものの中に、もっと大きなものを認めるための目と世間知と洞察力を十分持ちあわせていることなのだね。それを持たない他の連中は、描かれた生をそのまま生として満足していればよいさ。」（上二五四〜二五五頁）

『源氏物語』にも、付け足しのように見える箇所で、実は、深い意味が含まれているところがある。

例えば、光源氏の正妻葵の上が男御子（おとこみこ）を無事出産したのを見届けて、光源氏は、宮中で行われる除目（じもく）に出かけようとする。その場面の光源氏と葵の上の様子について、物語では、ただ「いときよげにうち装束（さうぞ）きて出でたまふを、常よりは目とどめて見出だして臥したまへり」（源氏物語

②四五頁）（光源氏は、たいそう美しく装束をつけて、出かけるのを、葵の上は、いつもとは違って、光源氏の姿に目をとどめて、臥しながら見送っておられた）と書かれているだけである。しかし、そのまま読み流しておいてよいわけではない。この場面で、葵の上は、何を考えているのかに思いをいたし、洞察することが求められる。

光源氏は、自分（葵の上）と結婚した後も、あまり姿を見せず、どこで何をしているのやら、よくわからないことばかりだった。二人は、夫と妻という関係であるはずなのに、光源氏がそのような意識で自分に接したことがなかった。自分の父である左大臣をはじめとして、みんなで光源氏を大切に扱ってきたのに、それを何とも思っていないようだった。私のお産が大変な難産だったことも、もう忘れたかのようで、美しく着飾って出かけてゆく。この人は、こういう人なのだ。

葵の上の心中は、これだけでは書きつくしていないだろうが、このような思いを抱いたまま、葵の上は、光源氏が戻ってくるのを待つことなく急逝した。

簡潔な字句の中に、多くのことが秘められているというゲーテの教えである。

破滅

ゲーテ「シェークスピアは、あまりにも豊かで、あまりにも強烈だ。創造をしたいと思う人は、彼の作品を年に一、つ、だ、け、読むにとどめた方がいい。もし、彼のために破滅したくなければね。私が、『ゲッツ・フォン・ベルリヒンゲン』や『エグモント』によって、彼を厄介払いできたのは幸せだったし、バイロンが、彼にはそれほど尊敬を払わず、自分の道を歩んだのも、まことに結構なことだった。いかに多くの優秀なドイツ人が、彼のために、かれとカルデロンのために、破滅してしまったことだろう！」（上二五六頁）

「われこそは」という意気込みで『源氏物語』に挑戦する人は多いが、そのほとんど（あるいは、そのすべて？）は跳ね返されてしまうという説を、聞いたことがある。ところが、ゲーテによると、シェークスピアによって「破滅」するのだとのこと。文学とは恐ろしい世界であるらしい。

私たち（宗孝と睦子）が『源氏物語』の解読に着手して十数年。「われこそは」という意気込みで始めたわけではなかったが、それにしても、だいぶ深追いし過ぎた。いまさら引き返すことはできそうにない。かくなる上は、大天才である紫式部に堂々と挑戦して、破滅するなら、それが私たちの本望であると、二人の意見が一致した。

『源氏物語』に関して活躍した人で、どうしてか、失意のうちに亡くなられたのではないかと思われる二、三の人の顔が思い浮かぶ。私たちは、この人たちについて詳しい事情を知らないし、故人の名誉にかかわることであるから、これ以上書かないが、この人たちは、ゲーテが言うように「破滅」したのではないか。

（参考）カルデロン　一六〇〇〜八一　スペインの劇作家。ドイツ・ロマン派は彼を崇敬していた。（上四三六頁　註二一）

銀の皿と金の林檎

ゲーテ「シェークスピアは（中略）銀の皿に金の林檎をのせて、われわれにさし出してくれる。ところがわれわれは、彼の作品を研究することによって、なんとか銀の皿は手に入れられる。けれども、そこにのせるのにじゃがいもしか持っていない。これではどうにも格好がつかないな。」（上二五六頁）

紫式部がさし出してくれたのは、まさに銀の皿に金の林檎をのせた、『源氏物語』である。池田亀鑑博士の研究のおかげで、私たちは、『源氏物語』の原文であることに疑問を抱くことなく、この物語の原文を読むことができる。それがゲーテの言う「銀の皿」に相当するのだろう。ところが、その銀の皿にのせられている従来の解釈は、惨憺たる状況にある。ゲーテの言葉を借りれば、「じゃがいも」である。

いくつかの事例を、以下に掲げる。

従来の解釈では、光源氏は理想的な人物であるとするが、光源氏はうそつきで、誠実さに欠けた、欠陥人間であると解する。

従来の解釈では、桐壺帝の御代はすぐれた治世の時代であったとするが、桐壺帝は色好みで、自己中心的な人物であると解する。

従来の解釈では、藤壺はこの物語に登場する女性の中で最も立派な女性であるとするが、藤壺は光源氏と犯した罪の償いをしようともせず、東宮あるいは帝であるわが子の立場を守ることのみに汲々として生きた人であって、世の中をもわが子をもあざむきとおした罪深き女性であると解する。

従来の解釈では、浮舟は「おバカちゃん」と解されているが、浮舟は懊悩（おうのう）の果てに自立して生きることに目覚めた人で、人はいかに生きるべきかについて、紫式部が到達した生き方を体現する人であると解する。

私たちの解釈が正しいと、あくまでも言い張るつもりはないが、長年にわたって検討した結果の結論である。次に掲げるゲーテの言葉を、今後とも、大切に抱きしめていきたいと思っているところである。

ゲーテ「黙々と正しい道を歩みつづけ、他人は他人で勝手に歩かせておこう。それが一番いいことさ。」（上三六八頁）

モリエール

エッカーマンが「モリエールは、なんと偉大な純粋な人間でしょうか！」（上二六三頁）と言ったのに対して、ゲーテは、「そうだ」と言い、それに続いて、

ゲーテ「純粋な人間か、これは、彼をずばりいいあてているよ。彼には、ゆがめられたところや誤ってかたよったところが、少しもない。それでいて、あの偉大さだ！　彼は、自分の時代の風習を手玉にとっていたが、それに対して、わが国のイフラントやコッツェブーは、時代の風習に支配され、その中におしこめられ、自由を奪われていた。モリエールは、人間の真実の姿を描くことによって、人間をこらしめることができたのだよ。」（同）

紫式部は、彼女が生きた時代の風習の中で女性たちがいかに生きているか、その時代の風習は女性たちに何をもたらすか、いかに滑稽であるかなど、その時代の風習を手玉にとって、『源氏物語』を書いた。

例えば、高貴な女性に仕える女房たちが、その女性に思いをかける男性の手引きをして、その男性の思いを遂げさせる。『源氏物語』の中でしばしば見られる場面である。女性の立場からすれば、「強姦」されたに等しい。その結果、その女性の人生はどうなっていくか。そこで生まれた子は、どのような人生をたどるのか。

紫式部は、そのような風習の中に人間の生き様を見た。それを物語として書き残し、その時代

の風習を批判するとともに、現在および将来の人間に、生き方の指針を示した。

紫式部は、モリエールよりも数百年も前に、モリエールと同じことを実行していたのだ。

（参考）モリエール　一六二二〜七三　フランスの俳優・喜劇作家。
イフラント　一七五九〜一八一四　ドイツの俳優・監督・劇作家。
コッツェブー　一七六一〜一八一九　ヴァイマール生まれの劇作家。

偉大な心理学者

ゲーテ「シェークスピアは偉大な心理学者であり、彼の作品を読んで、人間の心の動きを学ぶことができるよ。」（上二七六頁）

人間は、見たり、聞いたり、その他の刺激を受けたりするたびに、心が動く。心が動くと、その心の動きは、微妙な形でその人の立居振舞に現れる。その現れ方は、人によって異なるし、同じ人であっても場合によって異なる。しかし、いずれにせよ、人の立居振舞の微妙な変化を観察することによって、その人の心がどのように動いたかを知ることができるはずである。

どのような場合に、人の心がどのように動くか。それが立居振舞にどのような形で現れるか。人の立居振舞の微妙な変化や些細な仕種に目を止めて、その人の心の動きを感じとることのできる人がいるらしいが、その方法を人に教えることはできないし、法則化することはさらに難しいらしい。

ゲーテがシェークスピアの作品から学ぶことができると言う「人間の心の動き」が何を指すのかは、必ずしも明らかでないが、シェークスピアの作品の中には、人間の心の動きに関する事例が数多く見られるということであろう。

『源氏物語』にも、人の心の動きに関する記述が数多く見られる。

例えば、薫が浮舟を車（牛車（ぎっしゃ））に乗せて、宇治へ行く場面である。車に乗っているのは、薫、浮舟、弁の尼君及び浮舟の女房の侍従、合わせて四人。

薫は、宇治の八の宮の姫君である大君に心を寄せていたが、大君は亡くなった。薫は大君のことが忘れられないでいたところ、大君に似ている異母妹（いぼまい）の浮舟という女性がいることを知った。薫は、浮舟を大君の形代（かたしろ）として、宇治に住まわせるつもりであるが、車の行く先は、誰にも言っていない。

弁の尼君は、大君の女房であったが、大君は亡くなった。大君と一緒に薫に連れられて行くのなら、自分はどんなにうれしいだろうと、ひたすら大君のことを思い出して、涙にくれている。

侍従は、右大将である薫の立派な姿を一目見ただけで感激している。しかし、浮舟にとっておめでたい門出であるのに、尼姿の人が乗り合わせていることだけでも不愉快である。しかも涙を流している。縁起でもない。腹立たしい。

浮舟は、ただ茫然(ぼうぜん)として、成り行きに身をゆだねているだけだった。自分が大君の形代だということも知らなかった。しかし、同車している薫と弁の尼君の仕種や表情から伝わってくるものがあるし、車の中で薫が独り言のように次の歌を詠んだので、自分（浮舟）は亡くなった人（大君）の形代として連れられて行くのだということを覚った。

薫「かたみぞと見るにつけては朝露のところせきまでぬるる袖かな」（源氏物語⑥九五～九六頁）

（この人〔浮舟〕を亡き人〔大君〕の形代と見るにつけても、あふれるばかりの朝露〔涙〕で袖がひどく濡れてしまいます）

車が宇治に着いた。薫は、亡き大君の魂に見つめられているような気がしたのだろう、先に車から降り、浮舟を車の中に残したまま、しばらくその場から姿を消した。浮舟は、これから自分をどうしようとなさっているのかと、心落ち着かない心境になる。

以上のように、登場人物の心の動きとそれに伴う仕種がていねいに書き綴られているのが、『源氏物語』である。

紫式部の時代には、心理学という学問は存在しなかっただろうが、紫式部にも、「偉大な心理学者」という称号を差し上げたい気持ちになる。

すばらしい男

アレクサンダー・フォン・フンボルト（一七六七〜一八三五、ドイツの言語学者・政治家・文人）について、

ゲーテ「なんというすばらしい男だろう。ずっと前から彼を知っているのに、今さらのように驚嘆させられる。知識や生きた知恵の点で、彼に及ぶ者はいないといっても過言ではなかろう。おまけにあの多面性も、あれほどのものにまだお目にかかったことがないね！　どんな方面でも、何にでも精通していて、われわれに精神的な財宝を浴びるほど与えてくれる。」（上二八四頁）

紫式部は、貴族社会を生きるために必要な知識や知恵を豊かに備えている人であるが、それを見せびらかさない。それらの知識や知恵が実生活においてどれほど有用であったかは、『紫式部日記』によって明らかである。紫式部の生き様は、時の権力者である藤原道長の秘蔵の姫君である中宮彰子に対する教育の方針として、道長の容認するところとなった。また、道長の北の方である倫子は、紫式部に一目も二目も置くほど、紫式部を信頼した。そのような人である紫式部は、私たちに『源氏物語』を書き残してくれた。いわば、私たちに、またとないほどの財宝を与えてくれたのである。心から、感謝する。

芸術の血統

ゲーテ「芸術には、すべてを通じて、血統というものがある。巨匠をみれば、つねに、その巨匠が先人の長所を利用していて、そのことが彼を偉大にしているのだ、ということがわかる。ラファエロのような人たちが土台からすぐ生いそだつのじゃない。ちゃんと、古代およびび、彼ら以前につくられた最上のものの上に立脚しているのだ。その時代の長所を利用しなかったら、彼らが大したものになるわけがない。」（上三〇三～三〇四頁）

ゲーテの言葉にそのまま従うとすれば、わが国の文学やその他の芸術に携わる人々には、『源氏物語』に立脚して、新しい時代にふさわしい世界を切り開いてほしいと言うことになるのだろう。

しかし、前提条件なしにこのように言ったとすると、事態は今までと何も変わらないだろう。というのは、『源氏物語』に立脚するとはどうすることなのかが、あいまいなままだからである。今日、最も必要なことは、紫式部が、いかなる視点から人間を観察したのか、人間社会をどのように批判的に見たのかについて、文学の世界だけでなく、各分野の英知を結集して、議論されることである。そこで結集された英知によって『源氏物語』がそびえたつ土台を明らかにすることができたら、その土台を前提として、次の段階に進むことが可能になる。

（参考）ラファエロ　一四八三〜一五二〇　イタリアの画家・建築家。

細部にわたる明確な描写

エッカーマンは、ゲーテが書いた新しい短編を見せてもらった。

エッカーマン「読むほどに私は、あらゆる対象が細部のこまかいところまで目にみえるようにありありと写されている、そのきわだった明確さに、びっくりした。狩猟への出発、古城址の描写、歳の市、廃墟に通じる野路、それらすべてがくっきりと目のあたりに浮かんできて、おかげで、その表現されているものを、否応なしに詩人のおもった通りに考えずにはいられないのであった。」（上三〇八頁）

『源氏物語』の描写も、物語全編を通じて、細部にわたって明確で、揺るぎがない。例えば、須磨に退去している光源氏を、宰相中将（かつての頭中将）が訪ねてくる場面である。

「住まひたまへるさま、言はむ方なく唐めいたり。所のさま絵に描きたらむやうなるに、竹編める垣しわたして、石の階、松の柱、おろそかなるものからめづらかにをかし。山がつめきて聴色の黄がちなるに、青鈍の狩衣、指貫、うちやつれて、ことさらに田舎びもてなしたまへるしもいみじう、見るに笑まれてきよらなり。取り使ひたまへる調度どもかりそめにしなして、御座所もあらはに見入れらる。碁、双六の盤、調度、弾棊の具など、田舎わざにしなして、念誦の具、行ひ勤めたまひけりと見えたり。物まゐれるなど、ことさら所につけ興ありてしなしたり。海人ども漁りして、貝つ物持て参れるを召し出でて御覧ず。浦に年経るさまなど問はせたまふに、さまざま安げなき身の愁へを申す。そこはかとなくさへづるも、心の行く方は同じこと、何かことなるとあはれに見たまふ。」（源氏物語②二一三〜二一四頁）

このように、須磨での光源氏の仮住まいの様子やその地の漁民たちの様子などが、実際に見てきたように書き綴られているので、情景が「くっきりと目のあたりに浮かんで」くる。紫式部にとっては何でもないことらしいが、読めば読むほど、紫式部の物語作者としての力のすごさに、驚かされる。

時代のものの考え方を超えて

エッカーマンから、ベランジェ（一七八〇〜一八五七　フランスの詩人）や『クララ・ガスル戯曲集』の作者（メリメ　一八〇三〜七〇　フランスのロマン派作家）をどう思うかと問われて、

ゲーテ「こういう人たちは別格だよ。（中略）大した才能がある。ものを考える基礎をちゃんと自分のうちにおいているので、時代のものの考え方に左右されない態度がとれるのだ。」（上三三五頁）

ゲーテの言う「時代のものの考え方に左右されない態度」とは、別の言い方をすれば、「その

時代の、その社会のものの考え方に拘束されず、自由に発想する態度」である。

浮舟は、『源氏物語』で、貴族社会の中枢から外れて育った女性である。地理的には都から遠く離れた常陸国、立場としては、常陸守の北の方の連れ子。紫式部は、貴族社会の拘束から外れて、自由な発想をすることのできる女性として、浮舟という人物を創造した。

浮舟は、高級貴族である薫と匂宮の二人から言い寄られて、身動きすることができなくなった。どちらに転んでも、必ず難しい事態に陥るであろうことがわかる。世間の笑いものになるくらいなら、いっそわが身を亡きものにしようということに思い至った。

浮舟が宇治川に身投げをすることに思い至ったことについて、物語は、「気高う世のありさまをも知る方少なくて生ほしたてたる人にしあれば、すこしおずかるべきことを思ひ寄るなりけむかし」（源氏物語⑥一八五頁）とする。浮舟は都の身分の高い人たちの世界を知ることなく成長した人であるから、身投げなどというおぞましいことに思い至るのだろうと書かれているのだが、これは、作者である紫式部の読者への問題提起である。

当時の貴族社会では、高級貴族の男性から言い寄られた場合、女性は当然それを受け入れる、二人から言い寄られた場合にはどちらかを選ぶ、それが常識だったのだろう。しかし、浮舟は、その後のことにまで思いをめぐらした。どちらかを選んだとすると、薫と匂宮の間で熾烈な争いが起きるのではないか。また、匂宮を選んだ場合、浮舟自身と匂宮の妻である中の君（浮舟の異母姉）とが醜い関係に陥るのではないか。浮舟が考えたことは、さらに多岐にわたっていただろう。

浮舟は、自分の生きる世界から脱出する決心をした。身投げは成功しなかったが、脱出の決心は貫いた。このような浮舟の生き方は、とりもなおさず、紫式部が思い描く生き方である。

紫式部は、物語の上でも、彼女自身の実生活の上でも、「その時代の、その社会のものの考え方に拘束されず、自由に発想する態度」を貫いた人であった。

結末を書かない

ゲーテがエッカーマンに「牢獄の鍵」という題のついた詩を手渡した。その詩は大変美しかったので、エッカーマンは読んでみて、非常に楽しくなった。しかし、結末がぷっつり切れたようで、いささか不満であった。それに対して、ゲーテは言う。

ゲーテ「そこが（中略）かえって美しいところなのだ。というのも、それによってこそ、心に棘がのこり、読者の想像力を刺戟して、これから一体どうなるかという、いろんな可能性を自分で考え出させるからなのだよ。結びは、優に一篇の悲劇を書きあげるに足る素材をそっくりそのままのこしているが、これはよくある手だよ。」（上三四六～三四七頁）

結末がぷっつり切れたようで、それ以後のことが何も書かれていない物語、それはまさに『源氏物語』そのものである。五四帖の最後の巻である「夢浮橋」の巻は、浮舟が薫を棄て、自分の弟である小君を棄て、浮舟がその後どのように生きていくのかなどについて何の答えもヒントもないまま、突如として終る。ゲーテが言うように、紫式部の心の中には、長編の物語が書けるほどの素材が残されているだろうが、紫式部は、書こうとしない。ここに至るまでの間、浮舟がいかに苦しみ、悩んだかを考えれば、浮舟がどのような心境にあるかはおのずからわかるでしょうと、読者の想像力に委ねたのである。

『源氏物語』全編はこのようにして終ったが、これに似た手法は、この物語でもう一度使われている。それは、「雲隠」の巻である。この物語の主人公というべき光源氏が死ぬであろうこの巻には、「雲隠」という巻名だけがあって本文がない。光源氏がどのような心境で死んだのかが、物語に書かれていないのである。自己中心の生き方をした光源氏がどのような惨めな死に方をしたのかは、読者の想像にまかされている。

紫式部の文章は、洗いざらい見せ尽くそうとしないし、言いたいことがあっても書かないですませてしまう。それが物語の書き方についての紫式部の美意識であり、この物語の深みを形作っているのだろう。このように考えると、この物語を深く理解するためには、紫式部が何を書かなかったかを推理することが必要であるということになる。

詩と史実

ゲーテは、詩人が歴史とどう向き合うかについて、そのあり方を力説する。

ゲーテ「もし、詩人が歴史家の説く歴史を、そのまま繰り返すだけなら、いったい詩人は何のために存在するのだろうか！　詩人は歴史をのり越えて、できるかぎり、もっと高いもの、もっとよいものを、与えてくれなければ嘘だ。」（上三五四頁）

さらに、ゲーテ「さすがにギリシャ人は偉大だった。彼らは史実に忠実であることよりも、作者が史実をどのように扱うかという点を重視したからだ。」（同）

紫式部は、現実に起きた数々の事件について、経過や結末をよく知っていただろうが、それにとどまらず、その事件の背景やその事件が及ぼした影響などにも詳しかっただろう。父為時や伯父為頼（ためより）、右大臣藤原定方（さだかた）の娘である父方の祖母、さらにはこれらの人びとを取り巻く多くの教養人たちの会話が、紫式部の耳にも入ったからである。菅原道真の事件、源高明の事件、花山帝の退位と出家など、紫式部から見て、理不尽なことが多い。紫式部は、義憤に駆られて、それらを素材としながら、それらを分解したうえで、理不尽なことを組み立てて、物語にした。それが『源氏物語』である。

『源氏物語』に関して、かつて準拠説（じゅんきょせつ）なるものがあったとのことである。物語中の人物や事件をそのまま歴史上の事実に求めようとするものであるが、結局徒労に終わった。紫式部は、歴史上の事実をそのままなぞるというような愚を犯さなかったからである。

貴族社会の最高位にある帝（桐壺帝）と皇子（光源氏）とが理不尽なことを企み、さらにそれを実行したら、どうなるか。紫式部の壮大な実験である。『源氏物語』はそういう物語だと思うと、気分が高揚してくるのを抑えがたい。

単純な主題

ゲーテ「一つの単純な主題を、みごとに料理してすぐれたものに作りあげるには、精神と偉大な才能が必要だが、これが現在では欠けているのだ。」（上三五六頁）

紫式部が『源氏物語』を書こうとした動機は、非常に明解であった。一言で言えば、花山帝を欺（あざむ）いて出家・退位に導いた藤原兼家一派に対する憤（いきどお）りである。こともあろうに、帝を欺いて退位させ、その結果自分たちが権力を握って、栄華をほこっている。許しがたいことだ。それは同時に、貴族社会に満ちている理不尽なことどもに対する憤りでもある。

このような憤りのもとに、紫式部は、単純な主題を設定した。「理不尽なことが満ちているこの社会で、人はいかに生きるべきか」。あとは、この主題をどう料理するかである。ただし、この主題の料理は、簡単ではなさそうである。

人間と人間社会についての知識と洞察力、物語を書き綴ってゆく精神力、これらを実現することのできる能力。紫式部は、これらを備えていた。その上、社会批判であることを時の権力者に覚られないようにするすべを心得ていた。そして、人の生き方として、「自立して生きる」という結論に到達した。

ゲーテは「これが現在では欠けている」と言う。これは、十九世紀初めごろのドイツについて言っているのだが、わが国においても同じ指摘をする必要があろう。紫式部以後今日に至るまで、これほどの精神と才能を持った人が、現れていないのだから。

カント

エッカーマンが「近代の哲学者のうち、誰が最もすぐれていると思うか。」と尋ねると、

ゲーテ「カントが（中略）最もすぐれている、まちがいなくね。彼はまたその学説の影響が今日にいたるまでやまないことを証明され、現代ドイツ文化の一番奥ふかく滲透（しんとう）した人なのだからね。（中略）もし、君がいつの日か、彼のものを読みたくなるようだったら、私は君に彼の『判断力批判』をおすすめしたい。そこでの彼のテーマの扱いぶりは、修辞学がすばらしく、文学もかなりよい。ただ造形美術が不十分だが。」（上三八一～三八二頁）

これに次いで、エッカーマンが「これまでにカントと個人的な関係をもたれたことがおありですか？」（上三八二頁）と尋ねると、

ゲーテ「いや（中略）カントは全く私に注意を向けようとはしなかったよ。（中略）私が『植物の変態』を書いたのは、カントのものを知る以前のことだったが、それにもかかわらず、これが全く彼の学説の精神で書いているのだな。主観と客観との区別、さらには、すべての被造物は、それ自身のために存在し、たとえば、コルクの木は、われわれの壜の栓に使うために生えているのではないという見方、これはカントと私に共通のものだったし、この点で彼と一致したのは嬉しかった。」（同）

私（睦子）は、新宿の朝日カルチャーセンターで中島義道先生のカントの講座をながらく受講していたので、カントの名を聞くとなつかしい。まして、ゲーテが、最もすぐれた哲学者としてカントの名を挙げているのを知って、なぜかとてもうれしい。その反面、古今東西文化・芸術に関する該博な知識を蓄えていたゲーテの言葉の中に、「紫式部」あるいは「源氏物語」という言葉が出てこないのは、残念なことだ。ゲーテの生きた時代から八百年も前に、このようなすぐれた人がいて、このようなすばらしい作品が書かれたことを、ゲーテに知ってほしかった。アーサー・ウェイリーが登場して、『源氏物語』を世界に紹介するのは、ゲーテよりももう少し後のことである。

（参考）アーサー・ウェイリー　一八八九～一九六六　一九二五～三三に『源氏物語』の翻訳“The Tale of Genji”を出版。

二　『ゲーテとの対話』(中)を読みながら考える

明るさと晴朗さ

ゲーテは、人間の生き方についてどう考えていたか。

ゲーテ「概して人間というものは、自分の情熱や運命のおかげでもう十分陰うつになっているわけだから、それに輪をかけて、野蛮な昔の時代の暗黒によってまで、そのうえ陰うつになる必要などさらさらないね。人間には、明るさと晴朗さが必要なのだから、かつて秀れた人びとが完璧な教養に達したような時代、その結果、彼ら自身快適であり、さらに彼らの文化の恩恵を他の人びとにも及ぼすことのできたような芸術や文学の時期に、どうしても目を向けることが必要なのだ。」（中二十〜二一頁）

最近のマスコミの報道は、コロナウィルスによる感染症問題、地球温暖化対策、ロシアによるウクライナへの軍事侵攻ばかりで、気分が滅入ってくる。難問山積（さんせき）で、このままでは、人間はどうなるのか、人類は滅びるのではないかなどと心配が尽きない。昨今の世の中は、ゲーテの言うように陰鬱（いんうつ）そのものである。しかし、そういう気分のままでは、私たちの明日は拓かれない。

ゲーテの教えに従って、明るさと晴朗さを取り戻そう。芸術と文学とが栄えた時代に目を向けよう。紫式部の目で、現在の世の中を観察するとどのように見えるか、考えてみよう。そしてまた、ゲーテの目で現在の世の中を観察してみよう。新しい、新鮮な発想が浮かんでくることを期待しよう。

世界的教養

ゲーテ「君（筆者註　エッカーマン）がだんだんと内外のすべてに通ずるようになり、詩人の必要とする高度の世界的教養というものが一体本来どこからもたらされるべきかをわきまえるようになるのは、結構なことだよ。」（中二二二頁）

ゲーテ「君はウォルター・スコットのどんなところを読んでも、その描写にじつに安定感と完全性があるのに気づくだろうが、そういったものは、彼の現実世界に対する包括的な知識から生まれているのだ。一生をかけて研究や観察を怠ることなく、重大なことを日ごろから十分に検討していたからこそ、あれほどの域まで達したのだ。」（中二二三頁）

ゲーテ「彼は、素材にかけては、どんな分野にも長じていた。国王、親王、皇太子、大僧正、貴族、市の役人、市民、職人、山岳民族など、みんな一様に確かな筆致で描かれているし、一様に真実味も持っている。」（中二二四頁）

ゲーテ「われわれが一種の普遍的な完全な教養といったものを身につける日が来るのは、まだまだだいぶ先の話だよ。」（中二二五頁）

『源氏物語』をひもとくと、紫式部は、さまざまな階層の人々が、どのような場面で、何を考えるのか、どのように振る舞うのかなど、人間の心理と行動を不思議なほどよく知っていることがわかる。その対象となる人々は、帝、親王、中宮、女御、大臣、その他の高官や高級貴族、受領階級の人々、女房、乳母とその一族、法師など、極めて広い範囲に及ぶ。物語の中で、この人々がきわめて自然に振る舞っている。その描写には、じつに安定感と完全性とがある。紫式部の多年にわたる観察と洞察の成果であろう。

紫式部が『源氏物語』を書いたのは、今から千年前のことだ。千年前に書かれた物語の登場人物の心理や行動を、現代の私たちが違和感なく受け止めることができるとは、どういうことだろうか。思うに、紫式部は、人間の心理や行動の中にある何らかの法則を発見した。その法則は、千年前と現代とで変わっていないということである。その法則に沿って物語の登場人物たちは振る舞う。おそらく、その法則は、世界のどの地域にも、どの時代にも適用されうる法則である。『源氏物語』の登場人物たちは、愛をささやいたり、「うそ」をついたり、変心したりする。その中には、現代の感覚で見ても、道徳的でないものが含まれている。紫式部は、道徳的でない行為によっていかなる結果がもたらされるかを、ていねいに描きだした。紫式部がその内心に持っている道徳法則は、現代に通用するものであり、おそらくは、洋の東西を問わず共感されうるものである。

これが、ゲーテの言う世界的教養であり、普遍的教養である。

ゲーテは、生涯の三大教師として、シェークスピア、リンネ及びスピノザを挙げているとのことである（中四一二頁註三三）が、ゲーテがもし『源氏物語』の存在を知っていたなら、これらの人々とともに、紫式部の名を掲げたに違いない。

（参考）ウォルター・スコット　一七七一〜一八三二　イギリスの詩人・作家。
リンネ　一七〇七〜七八　スウェーデンの医師・植物学者。
スピノザ　一六三二〜七七　オランダの哲学者。

正しい読書法

ゲーテは、若い人たちに、読書の仕方を教える。

ゲーテ「お前たちはふだん本を読むと、きまってそこに心の糧(かて)を見つけようとするし、愛せそうな主人公を見つけようとする！　しかし、それは、まちがった読書法だな。あの人物が好きだとかこの性格が気に入ったなどということが問題なのではなく、その書物が気に入ったかどうかが、大切なのさ。」（中二四〜二五頁）

『源氏物語』について、某有名女性作家は、講演会で「登場人物のうちどの女性が好きですか。」ということを話題にして出席者の発言を求め、作家本人は「私は、最近では朧月夜(おぼろづきよ)が好きになりました。彼女は、近代的女性ですから。」などと言っていた。ゲーテによれば「まちがった読書法」である。

余談ながら、この人が書いた本は、よく売れていたようだ。ここで、ゲーテの次の言葉をぜひ紹介しておきたい。「詩人がいかに偉大であるかというようなことは、全然話にならず、むしろ、一般大衆からあまり傑出していないような人柄の方が、やたらに一般の拍手喝采を受けるというわけだ。」（上二二〇頁）

読書法で大切なのは、その書物が気に入ったかどうかだというゲーテの言葉で思い出されるのは、池田亀鑑博士の次の言葉である。「実際、自分としては、源氏物語がすきでたまらない。好きでたまらないから研究してゐるのだといふだけのことである。それでよいのだと自分は考へている。」（池田亀鑑「無限の思慕」日本古典全書『源氏物語一』付録）

池田博士の『源氏物語』への深い思いに対して、尊敬の念を抱かずにはいられない。

倫理的教養の高さ

エッカーマン　「カーライルについては、（中略）なによりも、彼の方向の基礎をなしている精神と性格とに敬意を表さないわけにはまいりません。彼にとって関心があるのは、イギリス国民の文化です。だから、彼は、自分の国民に知らせたい外国の文学作品を扱う場合にも、作家の技術というよりは、そういう作品から得られる倫理的教養の高さを重要視します。」（中四一頁）

ゲーテ　「その通りだ。」（同）

エッカーマンとゲーテは、二人とも倫理的教養の高さに注目していることがわかる。

ゲーテ「バイロンの大胆さ、勇敢さ、雄大さ、それはすべて教訓的ではないか?――いつも決定的に純粋なもの、倫理的なものだけにそれを求めようとするのは警戒しなければいけないよ。およそ偉大なものはすべて、われわれがそれに気付きさえすれば、必ず人間形成に役立つものだ。」(中六二頁)

ゲーテによれば、作品の中で、倫理的な記述だけに注目するのではなく、偉大な作品であれば、作品のすべてが人間形成に役立つ。

ゲーテ「およそ偉大なものや聡明なものは、(中略)この世の中に少数しか存在しないのだ。国民にも国王にも反対されながら、自分の偉大な計画を孤立無援で貫徹した大臣たちがいた。理性がポピュラーなものになるとは、とても考えられないことだ。情熱や感情なら、ポピュラーになるかもしれないが、理性は、いつの世になってもすぐれた個々の人間のものでしかないだろうね。」(中七四頁)

ゲーテの言葉を読み返しながら考えると、紫式部は、『源氏物語』で、人間のあるべき倫理を念頭に置きながら、現実の社会で人々が生きる実相を、情熱をもって書いた。だから、この物語のうちで、倫理に関する部分だけが読者の人間形成に役立つのではなく、それ以外の部分も含めて、社会の実相を描いているのであり、読者に裨益(ひえき)するところが大きいと考えるべきである。

それにしても、ゲーテが言うように、偉大なものや聡明なものは、この世の中にいくらも存在しないことを前提にすると、紫式部の理性は、とうていポピュラーなものとはなりえないのだろう。『源氏物語』千年の歴史を顧みる際には、このことに思いをいたしたい。

（参考）カーライル　一七九五～一八八一　イギリスの評論家、歴史家。

誰のために書くのか

ゲーテ「私の作品は世にもてはやされるようなことはなかろう。そんなことを考えてみたり、そのために憂身をやつしたりする人間は間違っているよ。私の作品は大衆のために書いたものではなく、同じようなものを好んだり求めたり、同じような傾向をとろうとしているほんの一握りの人たちのためのものなのだ。」（中四二頁）

紫式部は、世にもてはやされることを願って『源氏物語』を書いたのではない。貴族社会に充満する腐敗や堕落に我慢することができず、心に山積する憤りを爆発させるように書き綴ったのが『源氏物語』である。

紫式部がそのように仕向けたわけではないが、この物語は、評判になり、多くの人たちに読まれるようになった。その人たちは、紫式部の執筆の意図を考えようともせず、光源氏はすばらしい人だとか、あのような人に言い寄られてみたいなどと、騒いでいる。紫式部にとって、それは、意外なことでも、心外なことでもなかった。やはり思ったとおりのことだった。

そのうえで、紫式部は、心の中で考えていた。私が見たり、聞いたり、考えたりしたことを、ていねいに書いておけば、きっと私の見方、考え方に共鳴してくれる人が現れるに違いない。私を理解してくれる人のために書いておくのだ。理解することのできない人のことなど、関心を持つ必要がない。

それから今日まで、千年の歳月が経過した。

偸(ぬす)み食い

ゲーテ「私の作品は大衆のために書いたものではなく、同じようなものを好んだり求めたり、同じような傾向をとろうとしているほんの一握りの人たちのためのものなのだ。」(中四二頁)

ゲーテの言葉は、エッカーマンをとらえて放さなかった。エッカーマンは、考えた。

エッカーマン「彼のような作家が、あれほど高邁(こうまい)な精神が、無限のスケールをもった天性が、一体どうして世にもてはやされたりするだろうか! 彼のほんのちょっとした部分だって世にもてはやされるようなことはないではないか! 陽気な連中や恋する娘たちのうたう歌でさえも、やはり、他の人たちのために書いたものではないのだ!

しかし、思えば、並みはずれたものというのは、すべてそういうものではないか？　一体モーツァルトは世にもてはやされているだろうか？　またラファエロもそうだろうか？　世間というものは、こういう途轍もない精神生活のすばらしい泉に対しては、いつも偸み食いする者のような態度をとるだけではないだろうか？　すなわち、ほんのちょっとのあいだ自分に栄養価の高いものを与えてくれるほんのかけらを、ときどき盗んでは満足しているだけではないだろうか？」(中四三頁)

ゲーテの言葉とゲーテの言葉についてのエッカーマンの理解とを、『源氏物語』の上に重ね合わせてみると、これまで見えなかった風景が見えてくる。

紫式部は、高邁な精神と無限のスケールをもって、『源氏物語』を書いた。世間というものは、モーツァルトやラファエロと同様に、紫式部の精神生活のすばらしさに目を向けることなく、自分にとって都合のよいところだけを引っ張ってきて、それを、「つまみ食い」あるいは「偸み食い」しているだけではないか。

例えば、ある著名な学者は、『源氏物語』全体のテーマに触れることなく、あるいは少なくとも光源氏と六条御息所との関係の発端や二人の現在の関係を的確に示すことなく、光源氏が野宮にいる六条御息所を訪ねる場面だけを取り上げて、情趣ありげに詳しく解説される。光源氏は世間体を気にして野宮へ行くことにしたと、物語に書かれているにかかわらず、それには触れないで、情趣ばかりが強調される。

また例えば、ある著名作家は、女性の嫉妬心に異常なほど関心を持ち、六条御息所の嫉妬があるからこの物語は引き締まるなどと言う。また、紫の上について、「若いころの紫の上は、かわいらしく嫉妬する女だったが、やがて嫉妬もしないつまらない女になってしまった」と言うが、紫の上の心情について、物語では、「よろしきことこそ、うち怨じなど憎からずきこえたまへ、まめやかにつらしと思せば、色にも出だしたまはず」（源氏物語②四七九頁）（些細な〔女性〕問題であれば、憎々しくない程度に恨み言を言うのだが、今回は心底嘆かわしいので、その思いを顔色にも出さない）とされていることに気がつかないらしい。

これらに似た例は、無数にある。これらの例を、「つまみ食い」あるいは「偸み食い」だと教えてくれたエッカーマンに感謝する。

真実を愛する魂

ゲーテ「時代や芸術が進歩するにつれて、美術家自身もひとかどのものに成長して、結局個人的な偉大さをもって、自然と向かいあった、と考えるべきなのだ。」（中四八頁）

ゲーテ「ひとかどのものを作るためには、自分もひとかどのものになることが必要だ。ダンテは偉大な人物だと思われている。しかし彼は、数百年の文化を背後に背負っているのだよ。」（中四九頁）

ゲーテ「何か偉大なものを創ろうとする者は、自分の教養を向上させ、ギリシャ人みたいに、自分よりも劣っている現実の自然を自己の精神の高みにまで引き上げ、自然の現象の中では内部的な弱さやあるいは外部的な妨害のために単なる意図にとどまっているものを、現実に創り出さなければならないのだよ。」（中四九〜五十頁）

ゲーテ「大事なことは、真実を愛する魂、真実を見出したらそれを摂取するだけの魂を持っていることだよ。」（中五三頁）

ゲーテ「真理というものはたえず反復して取り上げられねばならないのだ。誤謬（ごびゅう）が、私たちのまわりで、たえず語られているからだ。しかも個人個人によってではなく、大衆によって説かれているのだからね。」（同）

ゲーテの言葉を要約すると、優れた芸術作品は、芸術家自身の教養によって生み出されうるのであって、そのためには、芸術家自身がひとかどのものに成長することが肝要であるということである。

紫式部は、貴族社会で生きるために必要かつ十分な教養を備えていた。その目で観察すると、貴族社会のいたるところに、見苦しいことが見られた。これらを何とかしたいというのが、紫式部の痛切な思いであった。見苦しいことどもは、下級貴族に関するものだけではない。高級貴族、さらには帝に関するものもある。

紫式部が身をもって見苦しいことだと受け止めたのは、時の権力者である藤原兼家らが企んで、花山帝をたばかって退位・出家に導き、一条帝の即位を実現したことであった。この結果、兼家は、権力を握った。それは紫式部の目には、貴族社会の腐敗そのものであった。紫式部がなしうることは、それらの腐敗を書き残すことである。しかし、紫式部は、そこで起きたことを自分の目で見たわけではないから、聞き知っていることを書き残したとしても、後世の人が信用してくれるかどうかわからない。書くとすれば、物語の形に再構成して書くほかない。

紫式部は、『源氏物語』を書きながら成長した。紫式部は、見るもの、聞くもののすべてを、物語の素材として活用するとともに、自身の栄養として体内に取り込んで成長する人であった。『源氏物語』は、人として生きるために必要だと紫式部が考える道徳の集大成であり、真実を求めてやまない紫式部の魂の叫びである。

真理と誤謬

世の中には、誤謬があふれている。

ゲーテ「真理というものはたえず反復して取り上げられねばならないのだ。誤謬が、私たちのまわりで、たえず語られているからだ。しかも個人個人によってではなく、大衆によって説かれているのだからね。新聞でも、百科全書でも、学校でも、大学でも、いたるところで誤謬はわがもの顔をしている。自分の味方が大勢いると感じるから、いい気になってい

るわけさ。」（中五三頁）

もっとあからさまに言えば、次のような事情があると言う。

ゲーテ「たいていの人間にとっては学問というものは飯の種になる限りにおいて意味があるのであって、彼らの生きていくのに都合のよいことでさえあれば、誤謬さえも神聖なものになってしまうということだったよ。」（上二四八頁）

私たちは、『源氏物語』の解読に取り組んできた。これまでの読み方とは全く異なった読み方をするという結論に達し、それを順次公表してきた。しかし、世の中の『源氏物語』関係の学者からも、『源氏物語』関係の評論などをしてきた人びとからも、何の反応もない。批判や反論があるだろうと予想していたが、完全に無視されて、十数年が経過した。

学者のそういう態度について、ゲーテは明解に、次のように解説する。

ゲーテ「彼らにとって大切なのは、自分たちの意見を証明することだけさ。だから彼らは、真理を明るみに出したり、彼らの学説が根拠のないものであることを証明したりするような実験は、みんな伏せておくわけだよ。」（上三六二頁）

ゲーテが到達した心境は、次のとおりである。

「われわれはただ（中略）黙々と正しい道を歩みつづけ、他人は他人で勝手に歩かせておこう。それが一番いいことさ。」（上三六八頁）

源氏物語の草稿

ゲーテ「『ファウスト』は、私の『ヴェルテル』と一緒に生れた。その草稿を一七七五年にヴァイマルへ持ってきた。それは、便箋に書いたもので、一行も消した跡がなかった。それはどきれいな原稿だったというのは、私が、一行一行慎重に書いて、まずい句や読みごたえのしない句は一行も書かなかったからさ。」（中七〇～七一頁）

ゲーテの言葉によって、紫式部が原稿を書く環境は、今とはずいぶん異なっていたということを気づかされた。

私たちの手もとの筆記用具は、紫式部が使った墨や筆と比べ、はるかに簡便に使いこなすことができる。筆者は書き損じた原稿用紙を破り捨てることにさほどの抵抗感がないが、紙が貴重品であった紫式部の時代には、たとえ書き損じがあっても、その紙を破り捨てることはなかったに違いない。これらに伴って、文章の推敲（すいこう）の仕方も、現代とは大いに異なっていたのではないかということに思い至った。

私たちが文章を書く場合、まず草稿を紙に書き、それを読み返して、紙の上にある字句や語句を削ったり、加えたりする。パソコンで原稿を書く場合も、これと同様の作業をパソコンの画面上でする。それが文章の推敲だと思い込んでいる。しかし、紫式部の時代には、そうではなかったらしい。

『紫式部日記』に、次のような場面がある。

寛弘五（一〇〇八）年十一月一日、敦成親王の五十日の祝いが行われた。この夜は、人々が酔い乱れていて、恐ろしいことが起きそうな予感がしたので、紫式部は、宰相の君（中宮付きの女房）とともに御帳台の後に隠れていたが、道長に見つけられてしまった。「和歌を一首ずつ詠め。そうしたら、許してやる」とのことなので、やむなく詠んだ。

紫式部「いかにいかがかぞへやるべき八千歳のあまり久しき君が御代をば」（皇子の御代は幾千年にも余るほど長く続きましょうから、それをどのようにして数えればよいのでしょうか）

道長は、「なるほどうまく詠んだものだ」と、二度ばかり口ずさんでから、すぐに自分の歌を詠んだ。

道長「あしたづのよはひしあらば君が代の千歳の数もかぞへとりてむ」（私に鶴と同じく千年の寿命があれば、皇子の御代千年の数をも、数えとることができるだろうに）

この場面で、紫式部は、歌を詠むに際して、筆記用具を使ったようには見えない。心の中で歌を組み立て、推敲して、歌を作っている。その点では、道長も同じで、紫式部が歌を詠むのを聞いて、メモすることなく紫式部の歌を記憶し、復唱する。次いで、心の中で自分の歌を作る。

以上のような紫式部と道長の作歌態度から推測すると、和歌はまず心の中で作り、心の中で推敲して出来上がる。これと同じように、『源氏物語』の執筆においても、紫式部は、心の中で文章を作り、心の中で推敲し、その結果出来上がった文章を紙に書き記すという作業をしていたのではないか。以上の推測が当たっているとすれば、ゲーテの『ファウスト』の草稿と同じように、『源氏物語』の草稿に一行も消した跡がなかったとしても不思議ではない。

クラシックとロマンティク

ゲーテ「私は健全なものをクラシック、病的なものをロマンティクと呼びたい。そうすると、ニーベルンゲンもホメロスもクラシックということになる。なぜなら、二つとも健康で力強いからだ。近代のたいていのものがロマンティクであるというのは、それが新しいからではなく、弱々しくて病的で虚弱だからだ。古代のものがクラシックであるのは、それが古いからではなくて、力強く、新鮮で、明るく、健康だからだよ。このような性質をもとにして、古典的なものとロマン的なものとを区別すれば、すぐその実相を明らかにできるだろう。」（中一〇二〜一〇三頁）

ゲーテの区分に従って『源氏物語』を観察すると、この物語は、世の中の理不尽を暴くとともに、その中で人はいかに生きるべきかを、一貫して力強い筆致で追求した物語であるから、クラシックだということになる。弱々しくて病的で虚弱な物語ではない。

ただし、クラシックの文学とロマンティクの文学とについては、さまざまな論争があったらしい。

ゲーテ「クラシックの文学とロマンティクの文学という概念は、今では世界中にひろまって、論争やら分裂をいろいろとひき起こしているが、（中略）もともと私とシラーからはじまったものだ。私は文学においては、客観的な手法を原則とし、その手法だけを認めようとした。しかしシラーは、そのやり方が完全に主観的であったから、自分の手法が正しいと考えて、私に拮抗するために、素朴文学と情感文学について論文を書いたのだ。彼は、じつは私自身が自分の意に反してロマンティクなのであって、私の『イフィゲーニエ』も感情が重きをなしているから、おそらく人が信じようとしているほどには、決してクラシックでもなければ、古代的な精神に則したものでもない、ということを私に対して論証したわけだ。」（中二二三～二二四頁）

ゲーテの理解するところでは、フランス人が、今ではクラシックの文学とロマンティクの文学との関係を正確に考えるようになってきたと言う。

ゲーテ「『クラシックなものもロマンティクなものも』（中略）『どちらも同様、結構なものだ。大切な点はこの形式を理性的に利用して、その中で傑出したものをつくりうるかどうかということだ。だからまた、その両者をつかっても、くだらないものとなる場合もありうるわけだ。そんなときはどちらも何の役にも立たない。』これはもっともな話だし、名言だと思うね。目下のところは、こんな言葉で納得してもいいだろうね。」（中一七五頁）

これが結論であるなら、クラシックの文学とロマンティクの文学という区別はさほど意味のあるものではなかったということになる。

（参考）シラー　一七五九～一八〇五　ドイツの劇作家・詩人。

ナポレオン

ゲーテ「ナポレオンが偉大だった点は、いつでも同じ人間であったということだよ。戦闘の前だろうと、戦闘のさなかだろうと、勝利の後だろうと、敗北の後だろうと、彼はつねに断固としてたじろがず、つねに、何をなすべきかをはっきりとわきまえていて、彼はつねに自分にふさわしい環境に身を置き、いついかなる瞬間、いかなる状態に臨(のぞ)んでも、それに対処できた。（中略）平和な芸術においても、戦争の技術においても、ピアノに向かっていても、大砲のうしろにいても、真の才能の行くところ、可ならざるはなしだな。」（中一二七頁）

ゲーテ「帝王の中の帝王が、とうとう裏がえしの軍服を身につけなければならないほど落魄(らくはく)するのを見ては、胸ふたがる思いがするではないか？　だが、何百万人もの生命(いのち)と幸福(しあわせ)をふみにじってきた男におとずれた末路が、これくらいのものだとすれば、彼に与えられた運命などまだまだなまぬるいものだ。復讐の女神(ネメシス)も、この英雄の偉大さを考えあわせると、とところに至っても少しは手心を加えないわけにはいかなかったのだろうが。自己を絶対にまで高め、一切をある理念の実現のために犠牲に供することが、どれほど危険なものか、ナポレオンは身をもって示してくれているのさ。」（中二〇三頁）

ゲーテ「ナポレオンは大した男だった！　いつも開悟し、いつも明晰で、決断力があった。どんな時でも、有利だと認めたこと、必要だと認めたことなら、即刻実行に移すだけの力をそなえていた。彼の生涯は、戦いから戦いへ、勝利から勝利へと進む半神の歩みだった。まちがいなく彼はたえず開悟した状態にあったといってよいだろう。だからこそ、彼の運命が、彼の後にも、また彼の前にも、二度と見られないほど、輝かしいものだったのだな。」（下二四〇～二四一頁）

『源氏物語』には、ナポレオンのような人物は登場しない。わが国の歴史上、自分の理想の実現のために果敢に戦い、遂に破滅するに至った人物としては、わずかに織田信長が思い出される。武器をとって戦うのではなく、理想実現のために筆で戦った人に範囲を広げて考えると、紫式部を特筆したい。

美しい魂の世界

クロード・ロランの風景画集をエッカーマンに見せながら、

ゲーテ「この人は、美しい思想と美しい感情を抱いている。心の中には、外界にいては容易にうかがい知れぬような一つの世界があったのだ。これらの絵には、この上ない真実があふれている。けれども、現実はどこにも跡をとどめていない。クロード・ロランは、現実の世界を隅から隅まで、すらすら空でいえるほど知りつくしていた。それを彼は自らの美しい魂の世界を表現するための手段として用いた。これこそまさに本当の理想性だよ。現実を手段として利用しながら、真実に見えてくることがまるで現実であるかのように思い込ませることを知っているのだ。」（中一四一〜一四二頁）

ゲーテの言葉は、まさに紫式部のことを言っているように見える。

紫式部は、社会の片隅でひっそりと生きながら、人間と人間社会とを知りつくしていた。しかし、物語に現実の社会を書くのではない。紫式部は、心の中で架空の世界を創造する。そこで創造された世界は、まるで現実の世界のように見える。その世界を舞台にして、作者である紫式部は、登場人物を自在に操りながら、縦横（じゆうおう）に活躍する。

紫式部は、高級貴族たちの腐敗や堕落を暴き、法師たちの滑稽を描き、やがて武士の時代が到来するであろう予兆を、敏感に感じ取り、それを暗示する。

紫式部が創造した架空の世界は、けっして美しい世界ではない。人間の醜さが渦巻く世界である。それは、人間が生きる際に守らねばならない道徳法則をいかにして読者に伝えるかという問題意識に基づく紫式部の必死の営為であった。

（参考）クロード・ロラン　一六〇〇〜八二　フランスの画家。プサンとともに、理想的風景画の代表的作家（中三九八頁註五八）。

生れながらの才能

ゲーテ「不思議なことは、（中略）生れながらの才能だけが、もともと何が問題であるかを知っていて、そうでない者はみな多かれ少なかれ迷路に入りこんでいるということだ。」（中一四四頁）

ゲーテ「本物の才能をそなえている人は、（中略）形態とか釣合とか色彩とかに対しては生れながらにいい感覚を持っているから、ほんのちょっと指導を受けただけで、そういうことはすべてたちまち正確に行なえるのだ。とりわけ、形あるものに対する感覚や、光によってそれを手にとるようにはっきりと描き出す衝動をもっているものだ。また、練習の手をやすめているあいだにも、内部で進歩をとげ成長しているものだ。」（中一四九頁）

ゲーテ「むろん才能は遺伝しないけれど、土台にはりっぱな身体を必要とするのだ。」（中二九二頁）

ゲーテ「詩や絵画の法則も、同じようにある程度までは教えられる。だが、すぐれた詩人や画家になるためには、天才が必要なのだ。ところが、これは教えるわけにはいかないものだよ。簡単な根源現象をとりあげて、その高次な意味を認識し、それを活用するには、いろいろなことを大局から眺められる創造的な精神が要求されるが、そういう才能はめったにあるものではなく、本当にすぐれた人たちにしかみられないのだ。」（中三七五〜三七六頁）

ゲーテの見解によると、本物の才能はもって生れたものであるが、遺伝するものではない。偉大な詩人や画家になるには、詩や絵画の法則をマスターすることを要するが、天才が必要で、教えることのできないものである。

紫式部は、人間を観察し、人間社会を観察する能力を、生まれながらにして持っていた。その能力を活かして『源氏物語』を執筆し、完成した。『源氏物語』以後、これを超える物語が現れないことを嘆くには及ばない。紫式部が『源氏物語』を書き残したこと自体がほとんど奇蹟だと思うべきことなのだから。

迷路

ゲーテ「不思議なことは、（中略）生れながらの才能だけが、もともと何が問題であるかを知っていて、そうでない者はみな多かれ少なかれ迷路に入りこんでいるということだ。」（中一四四頁）

ゲーテは、エッカーマンとの会話の中で、芸術作品の創作についてこのように述べたのだが、同じことが文学作品の読み方についても言えそうである。

『源氏物語』に関して考えると、この物語のテーマについて何らかの見解を述べたのは本居宣長ただひとりである。宣長は、『源氏物語』のテーマを「もののあはれ」とした。しかしながら、「もののあはれ」とは何なのか、一向に要領を得ない。何が「もののあはれ」なのかをいちいち宣長に確認する必要があるのでは、テーマを発見したことにならないだろう。宣長以外の学者や作家で、『源氏物語』のテーマはこれだ！　と言った人を、私たちは知らない。

ゲーテの言葉にあるように、「みな多かれ少なかれ迷路に入りこんでいるということ」なのではないか。別の言葉で言えば、ジャングルで道に迷っているのである。

本書の共著者のひとりである睦子は、新宿の朝日カルチャーセンターで開講されていた中島義道先生のカントの講座で、ある日、中島先生が「私は三十年間考えてきましたが、やはり『うそ』はいけないことですねえ。」と言われるのを聞いた。その瞬間、「うそ」が『源氏物語』を読み解くキー・ワードになると覚(さと)った。その後一年ほどを経て、睦子は、藤壺が光源氏と密会して、光源氏の皇子を産んだのは、桐壺帝がそうなるように仕組まれたのではないかということに気づいた。それをきっかけにして、私たち二人は、共同して『源氏物語』の解読作業を始めたのだった。

それから今日まで、十数年が経過したが、ジャングルで道に迷っているという自覚はない。すっきりとした空気を吸いながら、さわやかに歩み続けているという気持である。ゲーテの言葉によって、一層さわやかさが増した気分である。

デーモン、デモーニッシュなもの

ゲーテ「人間は、高級であればあるほど（中略）ますますデーモンの影響を受ける。だから、自分の主体的な意志が横道にそれないように、たえず気をつけなければいけない。」（中一〇一頁）

ここで「デーモン」とは何か。ここでは一応、「根源現象、とらえ難いもの」と理解しておこう（中三九六頁　註四二）。

ゲーテ「デーモンは、思想も行為も同じように完璧なラファエロをつくりあげた。少数のすぐれた後継者たちが彼に接近はしたが、彼に追いついた者はひとりもなかった。同様に、音楽における到達不可能なものとして、モーツァルトをつくりあげた。文学においては、シェークスピアがそれだ。君はシェークスピアには反対するかもしれないと思うが、私はただ天分について、偉大な生得の天性について、言っているのだよ。ナポレオンも到達不可能な存在だ。」（中一七〇～一七一頁）

エッカーマンは、「ゲーテは、言葉ではいいあらわしがたいこの宇宙と人生の謎をデモーニッシュなものとよんでいる。」と記している（中三一五頁）。
ゲーテ「デモーニッシュなものとは、（中略）悟性や理性では解き明かしえないもののことだ。
生来私の性格にはそれはないのだが、（中略）私はそれに支配されている。」（中三二〇頁）

ゲーテは、ナポレオンは完全にデモーニッシュな人であったとしたうえで、「この上なくそうだったので、彼にくらべられるような人はほとんどいないくらいだ。」（中三二〇頁）と言う。

デモーニッシュなものは出来事にもあらわれるでしょうかというエッカーマンの質問に、ゲーテ「とくによく現われる。（中略）しかも、われわれの悟性や理性では解き明かすことができないすべてのものにあらわれるものだ。そもそもそれは、まったくさまざまな方法で自然全体にわたり、つまり目に見えるものにも、見えないものにも、あらわれるのだ。生物の多くもまったくデモーニッシュな存在であり、部分的に影響されているものも少なからずある。」（中三二一頁）

ゲーテ「芸術家のなかでは（中略）音楽家に多く、画家には少ない。パガニーニには非常にはっきりとあらわれているが、それであのように感動をもたらすことができたのだ。」（同）

紫式部は、誰も到達することのできない境地に達した物語作者である。この人をこの世に送り出したのは、デーモンに違いない。

紫式部という人は、デモーニッシュな人である。感動を後世の人びとに与え続けている。紫式部に比べられるような人はいない。

（参考）パガニーニ　一七八二～一八四〇　イタリアのヴァイオリン演奏家、作曲家。

偉大な詩人の体質

並はずれた才能の詩人について、

ゲーテ「そういう人たちがなみはずれた仕事をやるのは、（中略）まさにその繊細な体質あってのことなのだよ。そのおかげで、稀有の感受性にもめぐまれるし、天の声も聞きとれるわけだ。ところでそういう体質は、世間や自然とのあいだにもつれをおこすと、簡単にかき乱されたり、傷つけられやすいから、ヴォルテールみたいに、偉大な感受性と異常なねばり強さとをあわせ持っていないと、しょっちゅう病におかされてしまうことになる。シラーも、病気ばかりしていたね。はじめて彼と知り合ったとき、この男は一月ともつまいと思ったよ。けれども、彼にも一種のねばり強さがあって、それからなお何年も持ちこたえたし、もっと健康な生活を送っていたなら、まだまだ生きのびただろう。」（中一七六～一七七頁）

紫式部は、ゲーテが言うところの「異常なねばり強さ」を有する人であった。あの長大な『源氏物語』を独力で書き上げたことを挙げれば、彼女がねばり強い人であったことは、容易に理解されよう。

『紫式部日記』では、紫式部が、些細なことに目を配って、思いをめぐらしている事例が数多く見られる。例えば、土御門邸（つちみかどてい）の池で水鳥たちが楽しそうに遊んでいるのを見ても、それだけにとどまらず、水の中では必死になって水を掻いていて、とても苦しいだろうと思いをめぐらす。また、帝が土御門邸に行幸（ぎょうこう）される際には、帝の御輿（みこし）のかつぎ手の様子に目をやって、その苦しそうな表情は、中宮付きの女房という自分の立場の苦しさと何の違いもないとする。紫式部は、偉大な感受性の持主であった。

ゲーテの予想に反して、紫式部が病気がちであったことをうかがわせる記録は、見当たらない。それどころか、常に意気軒昂（けんこう）で、ひるむところが見えない。『紫式部日記』のいわゆる消息文では、彰子中宮の女房たちのことについての齋院の側からの批判に対しては、堂々と反論しているし、清少納言や和泉式部についての批評も、ゆるむことがない。

ゲーテの言葉から、紫式部は偉大な詩人であったことを、再確認することができた。

（参考）ヴォルテール　一六九四〜一七七八　フランスの文学者・歴史家・啓蒙思想家。

ゲーテとモーツァルト

ゲーテは、若いころ、モーツァルトに出会ったことがあると語る。

ゲーテ「彼が七歳の少年のとき、見たことがあるよ。（中略）ちょうど彼が旅行の途すがら、演奏会を開いた折だ。私自身は、十四歳ぐらいだったろう。髪をむすび剣をおびた彼の幼い姿はいまもまざまざと覚えている。」（中一九九〜二〇〇頁）

このときゲーテは八〇歳、六十数年前のことを思い出して語っているのだから、ゲーテの記憶力は大したものだが、それにしても、まだ七歳のモーツァルトはすでに、ゲーテの記憶に残るほどの音楽家としてその名を知られていたということらしい。

モーツァルトが若いころに才能を顕わしたことについては、次のような対話がある。

エッカーマン「おもしろいことは、（中略）すべての才能のうちで、音楽の才能が最も早くあらわれることです。ですから、モーツァルトは五歳で、ベートーヴェンは八歳で、そしてフンメルは九歳ですでに、演奏や作曲によって周囲の人たちを驚かせています。」（中二九二頁）

ゲーテ「音楽の才能が（中略）たぶん最も早くあらわれるのは、音楽はまったく生れつきの、内的なものであり、外部からの大きな養分も人生から得た経験も必要でないからだろう。しかし、モーツァルトのような出現は、つねに解きがたい奇蹟であるにちがいない。けれども、もし神が時としてわれわれを驚かせるような、そしてどこからやってくるのか理解できないような偉大な人間にそれを行なわないならば、神はいったいどこに奇蹟をおこなう機会を見出すだろうか。」（中二九二〜二九三頁）

ゲーテにとって、モーツァルトは、シェークスピア、ラファエロと並んで、尊敬すべき芸術家であった。ゲーテ自身もまた、天才的な詩人である。天才的な詩人が天才的な芸術家を尊敬する。それは、とても羨ましいことだ。

というのは、紫式部は天才的な文学者だと私たちは考えるが、誰もそのように言わない。考えてみると、わが国には、ゲーテに相当する天才的な人物が存在しない。だから、ゲーテの言葉に相当する言葉を口にすることのできる人は、誰もいないのだ。

（参考）フンメル　一七七八〜一八三七　モーツアルト門下の作曲家、ピアニスト。

エンテレヒー

ゲーテ「個性が決して譲歩しないこと、また人間が自分にふさわしくないものをはねつけることが（中略）そのようなものの存在している証拠になると思う。」（中二一三頁）

この言葉中で「そのようなもの」とは、「エンテレヒー」を指している。それでは「エンテレヒー」とは何か。理解することが容易でないが、一応、「個性的な活動へ向かわせる力の根源」と考えることにしよう。

『源氏物語』において、浮舟は、薫と匂宮とのいずれをも選択しないと心に決めた。決めた以上は、決して揺るがない。横川（よかわ）の僧都に泣いてすがって出家することができた。横川の僧都が浮舟に還俗するように勧めても、浮舟は、断固として拒否する。浮舟は、自らの意志を貫徹しようとする個性と力を持っている。このような人が存在するのは、「エンテレヒー」なるものが存在する証拠だと、ゲーテは言う。

ところが、「エンテレヒー」について、ゲーテは、次のようにも言う。

ゲーテ「自然は、エンテレヒーなくして活動できないからね。しかし、だからといって、われわれ誰もかれもが同じように不死というわけではないのだ。未来の自分が偉大なエンテレヒーとしてあらわれるためには、現在もまたエンテレヒーでなければならない。」（中一六六頁）

これによると、エンテレヒーは、人間だけでなく、自然についても存する。また、この考え方は、「不死」と結びついている。

エンテレヒーは、ゲーテだけの考えであったわけではない。

ゲーテ「ライプニッツは（中略）こうした自立的な個性について同じような考えをもっていた。もっとも、われわれがエンテレヒーという言葉であらわしているものを、彼は単子（モナド）と名付けたがね。」（中二一三〜二一四頁）

（参考）ライプニッツ　一六四六〜一七一六　ドイツの哲学者・数学者。

エッカーマンの自己分析

エッカーマン「小生には弁舌の才が欠けておりますから、人と実際に向いあうと、いつもその点に圧倒されてしまい、我を忘れ、相手の人の性分や興味についつりこまれて、そのために固くるしい思いをして、のびのびとものを考えることも、考えをしっかりと展開することも、うまくいったためしがめったにありません。

ところが紙に向うとなると、小生はすっかり自由をとりもどし、自分をいささかも失わずにおれるのです。ですから、自分の思想を書くことによって展開させていくことにこそ、小生の真の愉悦があり、小生の真の生活があるのですね。それで、小生は会心のものをほんの二、三頁も書かない日には、ああ今日も無為に過ごしてしまったか、と後悔するわけです。」(中二四八〜二四九頁)

紙に向うと、さあ書くぞと意欲の湧いてくるタイプの人と、その逆のタイプの人とがいる。エッカーマンは、前者だったとのことだが、紫式部も、エッカーマンと同じく前者だった。紫式部は、人と向いあうことがエッカーマンほど不得意だったわけではないにしても、紙に向うことと比べて人と向いあうことを好んだとは思えない。

エッカーマン「小生は今、わが本性のうながすままに、自分の殻をぬけ出して活動の場をひろげ、文学上の地位を築き、さらに幸運にめぐまれれば、最後に多少なりとも名を成そうと望ん

でおります。」（中二四九頁）

この点では、紫式部の方がエッカーマンよりもはるかに高い名声を、後世に残した。エッカーマンは、紫式部ほどの文学上の名声を残したわけではないが、ゲーテという偉大な人物のものの見方・考え方を私たちに書き残してくれたことに、深甚（しんじん）の敬意を表したい。

正しいものはいつまでも正しい

ゲーテ「作家は、自分の人生のそれぞれの年代に記念碑を遺そうとするならば、生れつきの素質と善意を手放さないこと、どの年代でも純粋に見、感じること、そして二次的な目的をもたず、考えた通りまっすぐ忠実に表現すること、それがとくに大切だ。そのようにして彼の書いたものが、それが書かれた年代において正しければ、いつまでたっても正しいものとして通用するだろう。」（中二九五頁）

才能に恵まれた人が、純粋な目で観察し、観察によって知りえたことをその通り忠実に表現する。それが、読む人に感動をもたらすのだろう。「それが書かれた年代において正しければ、いつまでたっても正しいものとして通用するだろう」という言葉は、誰でも言えそうな言葉だが、ゲーテほどの大家の言葉として聞くと、やはり重みをもって迫ってくる。

紫式部は、『源氏物語』を書いた。貴族社会の腐敗と堕落、そこに渦巻く理不尽。それらを純粋な目で観察し、その通りを忠実に物語として再構成して、書き遺した。

千年を経て、紫式部が書き遺した物語を通じて、私たちは、貴族社会に生きる人びとの生き様を、知ることができる。現代に生きる人びとの生き様となんとよく似通っていることか。紫式部の書いた物語は、現代にそのまま通用する。千年前に正しかったことが、現代に通用していると考えるほかない。

安易な考えと根源現象

エッカーマン「不透明なものについての学説はたいへん簡単なものですから、つい、人に伝えるには僅かな時間があれば十分だ、と安易に考えてしまうのです。しかし、その法則を適用し、隠されている諸現象のうちにいつも一つの根源現象をつきとめるということは、困難なことです。」（中三〇三頁）

ゲーテ「それをトランプのホイストにくらべたらどうだろう。（中略）あの規則はたしかにおぼえやすいけれど、うまくやるにはずいぶん長いことやらねばならないものだ。ふつう誰にしたって、ただ聴いているだけでは、何事もおぼえられるものではなく、どんなことでも自分自身でやろうと努力しないなら、物事は表面的に、半分ほどもわからないものなのだよ。」（同）

二人の会話は、ゲーテ得意の色彩論に関するものであるが、ここでは、色彩論には立ち入らない。二人の会話を『源氏物語』の解読に当てはめるとどう考えることになるだろうか。

『源氏物語』は、平安時代の絵巻物のような美しい世界の物語だという前提で安易に考えると、その裏に隠されている作者の意図をつきとめることは、極めて困難あるいは不可能になる。そのような安易な前提は、まず排除しなければならない。

私（睦子）は、長い年月にわたって考え続け、その果てに、中島義道先生の一言に助けられて、「うそ」が『源氏物語』を読み解くためのキー・ワードになると直感した。しかし、その直感だけでこの物語を読み解くことができるものではない。それを出発点にして、そこから新たな努力が求められた。

私たちの『源氏物語』の解読が正しいという確証はない。これからさらに検証を続けていかなければならないと考えているところである。

時間の浪費

ゲーテ「人はあまりにもつまらないものを読み過ぎているよ。（中略）時間を浪費するだけで、何も得るところがない。そもそも人は、いつも驚嘆するものだけを読むべきだ。」（中三二七頁）

ゲーテの言おうとすることはわかるとしても、どういうものが「あまりにもつまらないもの」なのか、どういうものが「驚嘆するもの」なのだろうか。

ゲーテは、別の場面で、芸術家の姿勢を批判して、次のように語っている。

ゲーテ「凡庸な大衆に大いにもてはやされたいなら、そのうぬぼれ心と怯懦（きょうだ）な気持に媚びるようなことを言いさえすればよいというわけさ。」（中三四九頁）

このような姿勢で書かれたものが、「あまりにもつまらないもの」なのだろう。確かに、このような本が、よく売れているように見える。

ゲーテに「どういうものが、驚嘆するものでしょうか」と尋ねたら、おそらく、「ギリシャ悲劇とシェークスピア」という答えが返ってくると思われるが、この際、僭越（せんえつ）ながら、私たちがゲーテに代って答えるとすると、『源氏物語』と『ゲーテとの対話』と答えたい。

三　『ゲーテとの対話』（下）を読みながら考える

名声と労苦

ゲーテのところにある古いアルバムに、ルター、エラスムスなどきわめて著名な人々の筆跡がのっていた。モスハイムは、ラテン語で、次のような言葉を書きつけていた。

モスハイム「名声は、労苦の泉、
隠世は、幸福の泉。」(下二三頁)

『枕草子』の作者である清少納言は、皇后定子に女房として仕え、華やかに活躍した人であった。その名声のゆえに、世間の耳目を集め、晩年の落魄は、世間の関心と嘲笑の的となったと言われる。

『源氏物語』の作者である紫式部は、中宮彰子に女房として仕えたが、清少納言と異なって、地味な態度で過ごしていた。紫式部が中宮彰子に仕えていたころのことは『紫式部日記』である程度知ることができるが、それ以後のことはほとんど何も伝えられていない。わずかに藤原実資の日記『小右記』の長和二(一〇一三)年五月二十五日の記事に、「越後守為時の女」とあり、これは紫式部のことであると解されている。すなわち、紫式部は、ほとんど隠世と言ってもよいような生き方をする人であった。

モスハイムの言葉は、けだし名言である。

（参考）エラスムス　一四六六〜一五三六　ルネサンス期のオランダの人文主義者。
モスハイム　一六九三〜一七五五　ドイツのプロテスタント神学者。

新説が軌道に乗るまで

ゲーテ「もし、今、新説を持ち出す人がいて、私たちが長年にわたって受け売りをくり返してきた信条に反するばかりか、それを覆えしそうになると、人びとは、激怒して彼に反抗し、万策を弄してその人を圧迫しようとするだろう。できるかぎり新説に逆らって、聞かないふりをしたり、わからないふりをしたりする。それを語るばあいにしても、注目したり、研究したりするに値しないかのように、軽蔑的だ。こんなふうに、新しい真理は、長い時間をかけてやっと軌道に乗るものなのだ。」（下四十頁）

私たちは、二〇〇九年に、『源氏物語解読――「うそ」の世界からの脱出』と題する本を上梓（じょうし）した。従来の解釈では、この物語の主人公である光源氏は「理想的人物」であると解されてきたが、私たちは、この本で、「光源氏はうそつきである」という新しい読み方を示した。私たちは、国文学の専門の研究者ではないし、作家でもない。だから、源氏物語の研究者などの専門家から、厳しい批判があるかもしれないと予想していたが、予想に反して、特筆すべき反応はなかった。

それ以後今日まで、私たちは、『源氏物語』をさらに深く理解することをめざして、引き続き検討を重ね、七冊の本を出版してきた。それでも、見るべき反応はない。

ゲーテは、自然科学の分野における新説に関して言っているが、文学において私たちが経験していることは、ゲーテの言うとおりのことである。

私たちの思い過ごしかもしれないが、かつてマスコミに源氏物語関係で華やかに登場していた学者や作家の人たちの姿を、めっきり見なくなったようだ。それが見るべき反応だと思って、自らを慰めるほかない。

シェークスピアの偉大さ

ゲーテは、シェークスピアを、偉大な人物であるとして、尊敬してやまない。

ゲーテ「シェークスピアを研究すれば、彼が人間の本性全体をあらゆる面にわたって、あらゆる深みも高みもきわめつくしてしまっていることに気づかざるをえない。結局、あとにつづく者には、もう何もなすべきことが残されていないことがわかったのだな。」（下四六頁）

これを日本文学に関して、右のシェークスピアの立場にある人物を考えるに、紫式部以外に思い当たる人は、誰もいない。紫式部は、「人間」と「人間社会」とを丹念に観察して、貴族社会とそこに生きる人々の腐敗や堕落、滑稽さや愚かしさを暴くとともに、そのような社会において「人はいかに生きるべきか」という問題について考察した。紫式部が書いた『源氏物語』は、このような問題に取り組んだ、壮大な物語である。

人間社会の諸相とそこに生きる人間の生態を、紫式部が描き尽くしたので、その跡にはもう何も残っていない。『源氏物語』の後、誰も、これを超える物語を書くことができなかった理由が、よくわかった。

偉大なもの

ゲーテ「偉大なものは、ひたむきで、純心な、夢遊病者のような創造力によってのみ産み出されるものだが、そういう創造はもうまったく不可能になっている。今日の才能ある者たちは、みんな大衆の前にさらされている。」(下四九頁)

『源氏物語』で、「ひたむきで、純心な、夢遊病者のような」という形容は、宇治十帖の主人公である浮舟のイメージにぴったり当てはまる。女房の語るところによると、浮舟は、「不思議なほど言葉数が少なく、茫洋(ぼうよう)としてつかみどころのない感じの人で、苦しいことがあっても口に出して言われることもなく、胸の中に納めておられるようで」あった。

このような浮舟像を創造したのは、紫式部である。紫式部はどういう人であったか。『紫式部日記』において紫式部自身が述べるところによると、「何かにつけてケチをつけるタイプの人とやむをえず対座している場合、私が何も言わないから、私の本心に気づかず、私が気後れしているのだと思ってしまう。こちらは気後れしているわけではなく、ケチをつけられては面倒だから、愚か者であるかのような顔をしているだけである。人々からこれほど愚か者と見下げられてしまったのかと思うが、自分から進んでとっている態度である」。

先に見た浮舟像と『紫式部日記』に見える紫式部像とは、重なり合って見える。いずれも「ひたむきで、純心な、夢遊病者のような」という形容そのものである。

ゲーテが言うように、紫式部は、『源氏物語』を書くという偉大なことをなしとげた。そして同時に、紫式部は、浮舟に、世間の些事から逃れ、自立して「自らの道を生きる」という偉大な発見をなさしめた。

紫式部は『源氏物語』を何度も読み返したか

『若きヴェルテルの悩み』について、

ゲーテ「あの本は出版以来たった一回しか読み返していないよ。そしてもう二度と読んだりしないよう用心している。あれは、まったく業火そのものだ！　近づくのが気味悪いね。私は、あれを産み出した病的な状態を追体験するのが恐ろしいのさ。」（下五〇頁）

紫式部は、『源氏物語』を何度も読み返しただろうか。

『紫式部日記』によると、中宮彰子とともに冊子づくりをしている場面では、屈託があるようには見えない。しかし、紫式部が、物語の全体にわたって推敲して書き改めた本を、局に隠しておいたところ、事情を知らない道長が無断で持ち出して、妍子（道長の次女、後の三条帝の中宮）に与えてしまった。諸般の事情の中で、冊子づくりは、推敲前の稿本によって進めるほかないことになった。紫式部が思いもしなかったことで、立派な冊子ができる喜びが色あせてしまった。茫然自失の態で実家に帰った紫式部は、「心の慰めになろうかと思って、『源氏物語』を取り出してみるが、かつては輝いて見えた物語が今では色あせたようにしか見えず、かえって物思いが深まる。」と書いている。

物語を読み返すと、苦い思いがよみがえってくるから、その後も『源氏物語』を読み返す気にならなかっただろう。

『若きヴェルテルの悩み』

ゲーテ「誰でも生涯に一度は『ヴェルテル』がまるで自分ひとりのために書かれたように思われる時期を持てないとしたらみじめなことだろう。」（下五二頁）

私（睦子）は、『源氏物語』の口語訳（円地文子訳）を初めて読んだとき、世の中にこんなにすばらしい物語があるのかと、驚いた。

私の抱いた印象ではっきりと記憶に残っていることは、どの場面でも、それぞれの登場人物が、内心の思いをごく自然に言葉や態度に表しているように描写されていて、物語の中の人物ではなく、実在する人物がそこにいるかのように感じられたことである。『源氏物語』以外の文学作品で、物語中の人物がこれほど真に迫った姿で迫ってきた経験は、それまでなかったし、現在に至るもない。

もう一つ感じたことは、高級貴族の女性たちも、皆それぞれ悩みを抱えながら人生を送っていることであった。美しいだけの世界ではないことがわかった。興奮しながら読み進んで、雲隠の巻まで行き着いて、もう終わりかとがっかりしかけたが、まだ宇治十帖があることを知って、本当にうれしかった。

宇治十帖の主人公である浮舟は、さまざまなことに深く思いをめぐらす人である。自らはほとんど何も発信しないから、浮舟が何かを考えていることも、浮舟が何を考えているのかも、まわりの人たちには全くわからない。しかし、何も言わないから何も考えていないのではない。私は、『源氏物語』に登場する女性の中では、浮舟に最も強く心を惹かれた。

『源氏物語』、とりわけ浮舟という女性は、私ひとりのために書かれているように思われた。ゲーテの言葉は、私と浮舟との関係を言い当てているように思われてならない。

『源氏物語』には、およそ五〇〇人の人物が登場する。それぞれの人物は、それぞれの個性を持って、悩み、苦しみ、喜びながら、実在の人物であるかのように生きている。同じ個性を持った人物はいない。『源氏物語』の読者は、これらの登場人物の中に自分に似た人物を発見するだろう。そして、その人物が書かれたのは、自分ひとりのために書かれたのだと思うに違いない。

革命

ゲーテ「私はあらゆる暴力的な革命を憎むのだ。そのさい良いものが得られるとしても、それと同じくらい良いものが破壊されてしまうからだよ。私は、革命を実行する人びとを憎むが、またその原因をつくり出す人びとも憎む。」（下九九頁）

ゲーテはまた、別の箇所で、「下層階級の革命的な暴動は、上層階級の不正の結果である」とも言っている（下五五頁）。

ゲーテが生きた時代、フランス革命の記憶がまだ生々しかったのだろう。ゲーテの目には、暴力的な革命の根本原因は上層階級の不正にあるということが、見えていた。一般に、社会が爛熟すると、腐敗や堕落が進行する。その主役は、上層階級の人たちである。下層階級の人たちには、上層階級の人たちの不正をただす方途が用意されていないから、暴力的な方法に訴える以外にないということであろう。

『源氏物語』の世界では、高級貴族が個人的な欲望を満たすために、平然と公私混淆（こんこう）をし、あるいは公の財を私（わたくし）するなどが見られる。また、帝をはじめ関係者が、帝の位を私するケースもある。しかし、下層階級の人たちがこれらの不正をたださなければならないと意識するには至らない。

紫式部が、義憤に駆られて、『源氏物語』を書いているにとどまる。必ずしも下層階級ではないが、武力を蓄えた集団がやがて武士として台頭するに及んで、貴族の体制は崩壊の淵に追い込まれる。

鎌倉幕府の成立は、ゲーテが言うように、貴族階級の不正の結果であった。

観察の仕方

ゲーテ「科学にたずさわる人は、なんらかの偏狭な信条にとらわれてしまうと、たちまち素直で正確な理解ができなくなる。（中略）およそ融通のきかない一つの方向にとらわれているこういった理論家の世界観というのは、素朴さを失ってしまっていて、事物はもう自然のままの純粋な姿では現われてこないのだ」（下六五～六六頁）

ゲーテ「われわれに目や耳があるのはじつは知るためなのだ、という昔ながらの真理は依然として正しいと思うのさ。」（下六六頁）

ゲーテ「自然を観察するには、何ものにも妨げられず、先入見にとらわれない心の静かな清らかさとでもいうべきものがどうしても必要だね。」（下六七頁）

ゲーテは、科学にたずさわる人が自然を観察する場合の心構えを説いているのだが、これと同じことが、古典を読み解く場合にもあてはまりそうである。

古典を読み解く場合、偏狭な信条にとらわれてならないことは言うまでもないが、一見してごく当然だと思われることでも、それにとらわれない精神の自由が維持されなければならない。例えば、『源氏物語』について、有名な作家が「この物語は、世界に誇ることのできる、傑作長篇の大恋愛小説である」と言い、あるいは著名な学者が「光源氏は、理想的な人物である」と言ったからといって、そのままそれを鵜呑みにしてよいのだろうか。ゲーテは、われわれに目や耳があるのはじつは知るためなのだと言うが、それと同様に、われわれに頭脳があるのは、考えるためにあるのだということを忘れてはならない。

私たちは、『源氏物語』は、貴族社会の腐敗と堕落を告発した物語であると読み解いた。また、光源氏は、うそつきで、誠実さに欠ける人物であると読み解いた。私たちの読み解き方が正しいかどうかはここでの問題ではない。有名な作家や著名な学者の言うことが常に正しいとは限らないことを、強調しておきたい。

古典を読み解くにあたっても、ゲーテの言葉にあるように、「先入見にとらわれない心の静かな清らかさ」がぜひとも必要である。

ギリシャ悲劇の創造

ゲーテは、ギリシャ悲劇を、こよなく讃嘆して言う。

ゲーテ「ギリシャ人のばあいは、彼らの創造力が豊かなので、三大作家のひとりひとりがいずれも百以上、あるいは百近い作品を書いている。また、ホメロスや英雄伝説の悲劇的な主題は、部分的に三回も四回も取り上げられている。これほど既成の作品が稔り豊かでは、素材も内容もだんだん使い果されてしまって、三大作家につづく詩人はもはや何をしてよいかわからなくなった、と思われるな。」(下一二四頁)

ゲーテ「アイスキュロスやソポクレスやエウリピデスの生み出した作品は、様式からしても、深さからしても、何度聞いても聞きあきず、陳腐になったり、つまらなくなったりすることがない。(中略)われわれ憐れなヨーロッパ人は、すでに数世紀来その研究をつづけてきたし、これからも数世紀は、それを吟味し検討していかねばならないほど、広大で有意義なものなのだからね。」(同)

ゲーテはさらに、ギリシャ悲劇を創造した原動力のありかについて、考えをめぐらす。

ゲーテ「古代ギリシャの悲劇に驚歎する。けれども、よくよく考えてみれば、個々の作者よりも、むしろ、その作品を可能ならしめたあの時代と国民に驚歎すべきなのだ。なぜなら、たとえ古代ギリシャ悲劇の中にも多少の差異があり、ある詩人がほかの詩人よりいくらか偉大で、完成しているように見えても、大雑把に見れば、全体を通じてただ一つだけの性格があるのだ。規模の大きさ、力強さ、健康さ、人間的な完成、高度な生活の知恵、卓抜した思考法、純粋でたくましい直感、といった性格がそれだ。(中略)そういう特質はたんに個々の人物にそなわっているばかりでなく、その国民やその時代全体のものであり、その中に普及していたと確信しなければならないだろう。」（下一七八頁）

ゲーテの見解によれば、ギリシャ悲劇を創造したのは、個々の作者であるというよりも、その時代と人びとが有していたエネルギーだと言うのである。

それでは、『源氏物語』についてはどうだろうか。

ひらがなが作られ、ひらがなによる和歌の表記法が古今集の成立によって確立された。さらに、竹取物語をはじめとする無数の物語類、土佐日記、蜻蛉日記などの日記文学、清少納言の枕草子など、『源氏物語』に先行して多くの文学作品が産みだされた。これらがあってはじめて『源氏物語』の成立が可能であったと考えられる。それが九世紀から十世紀にかけての時代の人びとに蓄積されたエネルギーとその発出であったと言ってよいだろう。

他方、当然のことながら、紫式部がいなかったならば、『源氏物語』が存在することはなかった。「ギリシャ悲劇」が何人かの作者によって創造された作品群であるのに対して、紫式部は、この大作を、自分ひとりの手で創造した。この物語に込められた紫式部のエネルギーに、あらためて驚嘆させられるが、それはエネルギー量だけの問題ではない。

紫式部は、人間と人間社会を丹念に、かつ、批判的に観察した。物語の登場人物の行為が道徳法則に照らして、どのように評価されるか、及びいかなる結果が生じるかを示した。そのうえで、最終的に、人の生き方として、力強く生きることが大切であることを、浮舟の生き方を通じて強調し、物語を閉じた。

繰り返しになるが、浮舟は、従来解釈されているような「おバカちゃん」ではない。自分の目で自分の置かれている状態を観察し、どのように行動すべきかを自分の頭で慎重に考えたうえで、自分の進むべき道を選択した人である。その結果、薫も匂宮も横川の僧都も、さらには母親と弟をも切り捨てて、自分の進むべき道を選択した。その道は安楽な道ではない。しかし、それが人としての生き方であると、紫式部は、結論づけた。

ゲーテの言葉になぞらえて言えば、『源氏物語』に示されている紫式部の精神力の強さと思考の深さは、これからの数世紀を費やして、吟味し研究しなければならないほど、広大な課題である。

天才

ゲーテは、演劇術を学ぼうとするなら、モリエールこそ、頼むに足る人物だと言う。

ゲーテ「私が彼に魅せられるのは、たんにその申し分のない技巧だけではない。とりわけ、その詩人の愛すべき天分、高い教養を身につけた精神だ。彼は、作法にかなったものに対する優美な礼儀を心得ている。心の通じあう微妙な調べをそなえている。それは、生来のすばらしい天才が、その世紀の第一流の人たちと交わってはじめて到達できるたぐいのもの

のようだ。」（下一四六頁）

『源氏物語』を書いた紫式部は、優れた天分に恵まれ、それとともに、高い教養、優美な精神をも備えた人であった。それらの教養や精神は、父為時や伯父為頼、右大臣藤原定方の娘である父方の祖母、さらにはこれらの人々を取り巻く多くの教養人たちによって育（はぐく）まれた。紫式部の立場では、高級貴族の生活や行動、宮中のしきたりや人々の動きを知ることができるはずがないと思うのが自然な見方だが、天分に恵まれた人について、ゲーテは、次のように言う。

ゲーテ「生粋の詩人にとっては、世界についての知識は、生れながらに備わっており、世界を表現するのに、もろもろの経験や大きな経験上の知識など全く必要としないものだ。」（上一四三頁）

こういう人のことを、「天才」と呼ぶのだろう。紫式部はゲーテの言う「生粋の詩人」すなわち「天才」だったから、宮中などにおける経験上の知識など全く必要としなかったのである。

それでは、天才は、何をなすか。

ゲーテ「天才というのは、神や自然の前でも恥かしくない行為、まさにそれでこそ影響力をもち永続性のある行為を生む生産力にほかならないのだ。」（下二四二〜二四三頁）

ゲーテは、モーツァルト、フェイディアス、ラファエロ、デューラー、ホルバイン、ルターらの名前を挙げながら、

ゲーテ「この場合、その人がたずさわっている仕事や芸術や職業の別など問題ではない。何で

あろうと同じことだ。（中略）大切なことは、ただその思想、その着想、その行為に、生命があるかどうか、後々まで生命を持ちつづけられるかどうかだ。」（下二四三〜二四四頁）

紫式部は、文学の世界で、千年にわたって生命を保ち続けている。

（参考）フェイディアス　前四九〇頃〜四一五頃　ギリシャの彫刻家。
デューラー　一四七一〜一五二八　ドイツの画家・版画家。
ホルバイン　一四九七〜一五四三　ドイツの代表的画家。

作家の個性

ゲーテ「ある戯曲を読んでいながら、作者の愛すべき個性、偉大な個性に打たれないとしたら、どんな天才の芸術も何の役にも立たないのだ。これだけが、民族の文化に寄与するものなのだからな。」（下一四八頁）

紫式部は、彼女が生きた時代の人間社会とそこに生きる人間とを、冷静なまなざしで観察した。観察したところを物語に再構成して書き綴ったのが『源氏物語』である。

紫式部の目に映った人間社会は、ほとんど虚構の上に成り立っている世界である。腐敗と堕落が充満し、その中で、人びとは右往左往している。この世の中をそのように見る見方は、紫式部でなければできない見方である。それこそが、ゲーテの言う、紫式部の「偉大な個性」である。『源氏物語』を読んで、このような紫式部の心を読み取らないとしたら、紫式部が精魂込めてこの物語を書いた意義が、無に帰する。

紫式部は、そのような社会において、人はいかに生きるべきかを追究し、到達した結論は、「自立して生きる」ことであった。紫式部は、この結論に到達するに至る過程を、『源氏物語』に、詳しく、ていねいに書き綴った。私たちは、今から千年も前の時代に、この物語を書いた紫式部に、感謝と尊敬の心をささげたいと思う。多くの日本人がこの物語を読んで、人間社会とそこに生きる人間とを真剣に見つめる紫式部の心に、接していただくことを、心から願っている。

気高い道徳性について

ソポクレスの『アンティゴネ』に見られる気高い道徳性について、その道徳的なものがどうしてあらわれたかという問題に、

ゲーテ「他のもろもろの善と同様に、神おんみずからによって（中略）生み出されたのだ。それは、人間の反省の産物などではなく、神によって創造された、生れながらの美しい資質なのだ。それは、多少の差こそあれ一般の人間に生まれつき与えられているものだ。だが、少数のとりわけ恵まれた人びとには、それは十分具わっている。こういう人びとは、偉大

な行為や教義を通じて、その神々しい心を顕現する。そこで、その表現の美しさによって、人びとの愛を得、尊敬を受け、争って私淑されたのだ。」（下一五四頁）

ゲーテの言葉をたどると、道徳は人間が作ったものではなく神によって創造された美しい資質である。道徳は一般の人間に生まれつき与えられているものである。少数のとりわけ恵まれた人びとにはそれが十分に具わっており、その行為や教えを通じて人びとから愛され尊敬される。これらのうち、「少数のとりわけ恵まれた人びと」とは、キリスト教ではイエス・キリスト、仏教ではお釈迦様のことであろう。イエス・キリストやお釈迦様は、その偉大な行為や教えのゆえに、人びとから愛され、尊敬されるのである。

それでは、道徳は、どのようにして人びとの間に定着してゆくのか。ゲーテは言う。

ゲーテ「道徳的な美や善の値打ちは、体験を積み、知恵を磨いてはじめて自覚されるようになったのだ。というのは、悪はその結果において個人の幸福も全体の幸福も破壊するものであり、それに対して、気高いもの、正しいものは個人の幸福と全体の幸福をもたらし、これを確実なものにすることがはっきりしたからだ。こうして、道徳的な美が教義となり、明白なこととしてあらゆる民族に拡大していったのさ。」（下一五四〜一五五頁）

ここで気がつくことは、道徳の実現に寄与するのは、神と一般の人間と「少数のとりわけ恵まれた人びと」だけであって、宗教組織や教義の伝道者が含まれていないことである。

思うに、ある行為が道徳的に善であるか悪であるかの判断は、神から生まれつき与えられている自分自身の道徳の尺度によって判断すべきなのであり、その際イエス・キリストやお釈迦様の示された教義に拠ることがあってもよいが、宗教組織や教義の伝道者の講釈などに拠るべきではないということであろう。ゲーテのこの考えは、後出の「畏敬の念」の項（本書一四八頁）で「使徒ペテロや使徒パウロの親指の骨におじぎをする」ことなど「まっぴらだ」（下三九〇頁）と言っていることと呼応している。また、ゲーテの「貧しいキリスト教区民は、高い給料をとっている僧正の、まるで王侯のような豪勢さをどのように考えているのだろうか。」（下三九〇～三九一頁）という言葉も、併せて記しておこう。

　これとは別に、ゲーテは、「善良な人が才能に恵まれると、かならず世の中の救済のために道徳的な影響を及ぼすに違いないからね。芸術家だろうが、自然研究者だろうが、詩人だろうが、あるいはどんな道を進もうが、そのことに変りはない。」（中七二頁）と言っている。

　紫式部は、「善良で才能に恵まれた人」である。その人が『源氏物語』を書いた。この物語では、道徳的でない行為がいかに多くの人びとの平穏な人生を破壊するかが、るる書き綴られている。うそつきで、誠実さに欠ける光源氏。反道徳的な行為を企てた桐壺帝。高い立場にある人にすり寄っていく横川の僧都。今日まで、このような観点からこの物語は読まれてこなかったように見えるが、今後さらに追究されるべき観点だと考える。

ギリシャ悲劇の美

エッカーマン「私は最近どこでしたか、こんな意見が吐かれているのを読みました。（中略）ギリシャ悲劇は道徳的なものの美をとくに問題とした、というのです。」（下一五五頁）

ゲーテ「道徳的なものだけでなく（中略）純粋に人間的なもの全部だね。とくに人間的なものが粗野な権力や体制との葛藤を引きおこして、悲劇的な性格のものとなっていくという方向でね。」（同）

ゲーテの言葉によると、ギリシャ悲劇は、道徳的なものに限らず、純粋に人間的なもの全部に美を見るが、特に人間的なものが粗野な権力や体制との葛藤を引きおこして、悲劇的なものになっていくものとのことである。その好例をソポクレスの『アンティゴネ』に見る。

これに照らして『源氏物語』を読み返すと、帝や皇子である光源氏との葛藤の中で悲劇的な事態に遭遇する女性たち、すなわち、葵の上、六条御息所、朧月夜、さらには藤壺、紫の上などの人びとが、これに該当するであろう。

アンティゴネの道徳性

ゲーテ「すべての気高いものは、（中略）それ自体おだやかな性質で、眠っているように見える

ものだ。しかし、ひとたび抵抗に出会うと目覚めて、立ち上がる。」（下一五五頁）

ここで、「気高いもの」とは、ギリシャ悲劇、ソポクレスの「アンティゴネ」の主人公であるアンティゴネの道徳性であり、アンティゴネが出会った抵抗とは、国王であり、アンティゴネの伯父であるクレオンがアンティゴネに科する過酷な刑罰と、妹イスメネの非協力的な態度である。アンティゴネは、国法で禁じられている、兄ポリュネイケスの弔いを、死罪を覚悟の上で、断固として行った。その結果、アンティゴネは、死罪に処せられる。

『源氏物語』で言えば、浮舟は、実におだやかで、眠っているように見えるが、ひとたび心を決めると、断固として実行する。自分を取り巻く人間関係に疲れ果て、もうそのような世界には戻らないと心を決めて、『源氏物語』は突然終わった。浮舟の気高さに、思いを馳せたい。

浮舟と対比して、断固として行動することのなかったのが、藤壺である。自分の産んだ子が桐壺帝の皇子でないことを自認していながら、その子が東宮になり、さらには冷泉帝として帝の位に即くことを傍観していただけでなく、桐壺帝の皇子ではなく、光源氏の子であることが世間に知られることをおそれて、汲々として生きた。思えば、藤壺の人生は、光源氏の子を東宮、さらには帝にしたいという桐壺帝の思いに翻弄された哀れな人生であった。

藤壺は、東宮、さらには帝であるわが子の立場を守らなければならないという呪縛から自らを解き放って、藤壺自身も自分の子も、自立した人生を生きることを決意するという選択肢があったはずである。例えば、アンティゴネのように「死」を選ぶ、あるいは、わが子とともに、出家して宮中から脱出するなどが考えられる。しかし、藤壺がそのような選択肢に思いをめぐらした形跡はない。藤壺は、亡くなる間際まで、「自分は、生まれも栄華も、並ぶ人のないほどであったが、心の中に背負った苦悩も、人にまさるものであった。そのようなわが身であった」と、弱々しく嘆くばかりであった。

冷泉帝は、母親である藤壺が亡くなった後、夜居の僧から、帝の実父は桐壺帝ではなく、光源氏である旨を聞かれた。夜居の僧は、藤壺の受胎の時期以後、藤壺からたびたび祈禱を仰せつかり、その過程で秘密を知ることになったらしいが、帝が実父を知らないでいて、仏罰を受けられることになることを心配して、帝の出生に関する秘密を奏上したのである。

帝は驚愕されたが、事柄の性格上、光源氏に直接尋ねることができない。帝は、思いあまって、帝の位を光源氏に譲りたいとの意向をお漏らしになったので、光源氏は、帝が出生の秘密をご存知であることを察知した。それでも、光源氏は、帝に事の真相を告げようとしない。帝は、その後も悶々とした人生を歩まれることになる。

藤壺にも、光源氏にも、そして冷泉帝にも、アンティゴネに見るような気高さや潔さ、そして力強さが感じられない。

誰から学ぶか

ゲーテ「生れが同時代、仕事が同業、といった身近な人から学ぶ必要はない。何世紀も不変の価値、不変の名声を保ってきた作品を持つ過去の偉大な人物にこそ学ぶことだ。（中略）偉大な先人と交わりたいという欲求こそ、高度な素質のある証拠なのだ。モリエールに学ぶのもいい。シェークスピアに学ぶのもいい。けれども、何よりもまず、古代ギリシャ人に、一にも二にもギリシャ人に学ぶべきだよ。」（下一五七頁）

ゲーテ「小才しかない人間は、古代の偉大な精神に毎日接したところで、少しも大きくはならないだろう。だが、将来偉大な人物となり、崇高な精神の持主となるべき力を、その魂の中に宿しているような気高い人物ならば、古代ギリシャやローマの崇高な天才たちと親しく交わり、付き合ううちに、この上なく見事な進歩をとげ、日々に目に見えて成長し、ついにはそれと比肩するほどの偉大さに到達するだろう。」（下一五八頁）

ゲーテの言い方になぞらえて言えば、夏目漱石に学ぶのもいい。森鷗外に学ぶのもいい。けれども、何よりもまず、千年もの間、不変の名声を保ってきた『源氏物語』を書いた紫式部にこそ学ぶべきだ。

肝心な点

ゲーテ「つねに肝心な点は（中略）血筋にまじり気のないもので、人間がいたずらに手をかけて歪めてしまっていないことだ。尻尾とたてがみの切り取られた馬、耳を切りつめられた犬、最もたくましい枝を払ってしまい、他の枝を丸く刈りこまれた大木、とりわけ、若いころからコルセットで締めつけられて、身体が歪んでしまった娘、こうしたものはすべて良い好みに反しており、通俗的なおしゃれ入門だけに載っているしろものさ。」（下一六三頁）

動物も、植物も、そして人間も、手を加えないで、あるがままに成長した姿が美しいのであって、むやみに飾り立てると、本来の美しさを壊してしまうということであろう。言い換えると、飾り立てることと、美しくなることとは、別の事柄であるということである。世の中には、自分は美人だと思って、身を飾り立てる人がいるが、かえってわが身を醜くしているのだということを教えてあげたいくらいだ。

文学作品における文体についても、これと同じように考えるべきではないか。修飾語句をいくら重ねても、美しい文章になるわけではないし、内容が深まるわけでもない。修飾語句は必要最小限にとどめて、次へ進む。その方が、よほど読みやすい文章になる。『源氏物語』の文体は、極めて簡潔で、歯切れがよい。言わんとすることが明晰（めいせき）である。作者の思いが、よく整理されているから、そういう文体で書くことができるに違いない。『源氏物語』の文体は冗長であると理解されている向きがあるようだが、筆者の理解するところ、その正反対である。

物語を書きながら思い浮べていたこと

ゲーテ「シェークスピアは、作品を書いているときに、それが活字になって他人に見られ、検討され、相互に比較され、評価されるなどとは考えてみたこともなかった。むしろ、彼は、書きながら舞台を目に浮べていた。」(下一七〇頁)

ゲーテの言葉の前半は、紫式部にそのまま当てはまるだろう。自分の書いている物語に『源氏物語』という表題がつけられて、活字本の形で世間に出回ることなど、想像もできないことであったに違いない。さらに、物語の一字一句について詳細な研究がなされ、何種類もの注釈書が出版されることなど、思いもよらないことであった。

紫式部は、物語を書きながら、何を思い浮べていただろうか。人びとの前で物語を語っている紫式部自身の姿だったのではないか。そのとき彼女の手もとにあるのは、一流の能書家によって書写され、立派に装幀された物語の冊子であろう。

『紫式部日記』には、中宮彰子と紫式部とが熱心に物語の冊子づくりをする記事がある。ここで物語とは『源氏物語』のことであると広く解されている。紫式部は、書写を依頼するに備えて、源氏物語の「よろしう書きかへたりし」（紫式部日記一六八頁）本を用意していた。すなわち全面的に推敲を施した本である。この本を添えて書写を依頼しようという心づもりであった。ところが、そういう事情を知らない道長が、無断でその本を持ち出し、次女の妍子に与えてしまった。紫式部の立場で、道長から取り戻すことはできない。また、冊子づくりの期限が迫っているので、再度「よろしう書きかへたりし」本を用意することができない。折角の冊子づくりであるのに推敲前の本によって書写の依頼をするほかないことになった。紫式部は、大いに落胆した。

　物語を書きながら思い浮べていた夢が破れたのである。

測り難ければ

ゲーテ「文学作品は測り難ければ測り難いほど、知性で理解できなければ理解できないほど、それだけすぐれた作品になるということだ。」（下一八七頁）

『源氏物語』は、古来、立派な作品であるらしいことはわかるが、何がテーマであるのか、確実なことは誰にも分らないし、言うことができないという状態であり続けてきたように思われる。

　ゲーテの言葉を借りれば、『源氏物語』は、測り難い物語であり続けてきた。また、これまで『源氏物語』に挑戦した人びとは、それぞれ知性を備えた人たちであっただろう。その人たちが、知性で理解することができなかったのである。

ゲーテの言葉によると、『源氏物語』は、それほどまでにすぐれた作品だということである。

奇蹟

ゲーテ「私たちは、奇蹟そのものの中に埋没している。事物の究極と最善の姿は、私たちには見当もつかない。」（下二二五頁）

今から千年前に紫式部という天才作家が現れたこと、その天才作家が『源氏物語』を書いたこと、その作品が千年後の今日まで読み継がれてきたこと。これらはどれも、奇蹟だとしか言いようがない。

それればかりではない。『源氏物語』に私たちが魅せられて、何年にもわたってその解読に取り組んでいることも、さらに、二百年前のドイツの大作家であるゲーテの助言を得ながら、このように解読を進めていることも、奇蹟である。

実際、ゲーテが言うように、結局どうなるのか、皆目見当もつかない。

一日の執筆量

ゲーテ「私は一生のうちで、毎日十六ページ分印刷できるほど書きなぐろうと思い立った時代があった。それも、楽々とできたのだよ。（中略）今では『ファウスト』第二部の仕事を、睡眠によって元気と活力を取り戻し、まだ日々の生活の雑事に煩わされない早朝の数時間にしか、手がけられないのだよ。しかもどれだけ書き上げられると思う！　いちばんうまくはかどって原稿用紙一枚、ふだんは、せいぜい手のひらほどの桝目を埋めるだけだな。しかも、書く気がしないときなどは、もっと少ないことがよくあるのさ。」（下二四九頁）

これは、ゲーテ七八歳のときの言葉である。紫式部の一日の執筆量は、どれほどだっただろうか。

『源氏物語』は、およそ一〇〇万字からなる。

紫式部が『源氏物語』を執筆したのは、夫である宣孝が亡くなった長保三（一〇〇一）年から中宮彰子の女房として出仕するまでの間（出仕の時期については諸説あるようだが、ここでは一応寛弘元〔一〇〇四〕年説に従えば）の約三年と、出仕以後の何年間かである。出仕までの間にどの巻まで書かれたのかわからないが、仮に「雲隠」の巻まで書かれたとすると、約三年で約七十万字書かれたことになる。一日当たり約六四〇字、四〇〇字詰め原稿用紙に換算すると約一枚半。紫式部はまだ三〇歳前後で、ゲーテの言葉のころのゲーテよりもはるかに若かったから、この程度の量を書くことは、さほど困難なことではなかっただろう。

執筆の気分を盛り上げる方法

エッカーマン「生産的な気分をつくり出す方法とか、あまり気乗りがしないときに、それを盛り上げる方法というようなものは、ないものでしょうか？」（下二五〇頁）

ゲーテ「あらゆる最高級の生産力、あらゆる偉大な創意、あらゆる発明、実を結び成果を上げるあらゆる偉大な思想は、だれかの思うままになるものではない。それは一切の現世の力を超越しているよ。人間はこうしたものを、天からの思いがけない賜物、純粋な神の子と見なして、ありがたく感謝の心で受け取り、尊敬しなければならないね。それは、人間を思うままに圧倒的な力で引きまわすデモーニッシュなもの、人間が自発的に行動していると信じながら、じつは知らず知らずのうちにそれに身を献げているデモーニッシュなもの、に似ているのだ。こういうばあい、人間は、世界を統治あそばす神の道具、神の感化を受け入れるにふさわしい容器と見なされるべきだ。――私がこんなことをいうのも、たった一つの思想のために幾世紀にもわたって世界の相貌がすっかり変ってしまったり、二、三の人間が、そのつくりだした物によってその時代に刻印を押して、それが次の幾世代にも消え去ることなく、いい影響を及ぼすことがあると考えるからだよ。」（下二五〇〜二五一

頁）

紫式部は、『源氏物語』を執筆しているとき、神の声を聴いただろうか。『源氏物語』にも『紫式部日記』にも、そういうことをうかがわせる記事は見あたらない。しかし、不可思議な啓示によって、それまで考えてもみなかったアイデアが突然ひらめいて、物語執筆に取り組んだのではないか。ゲーテの言葉に触れるにつれて、人知を超えた力が存在することを、思わないわけにはいかなくなった。

なお、ゲーテは、右の言葉に続けて、「つぎに、それとはちがった種類の生産力があるね。それは、もうむしろ現世の影響に左右されやすいものだ。この場合でも、人間はやはり神性のものを礼拝すべき理由を見出すだろうが、もともとこれはもっと人間の自由になるものなのだ。」と言う（下二五一頁）。これは、天からの思いがけない賜物を現実のものとして実現するプロセスについての言葉だろう。

純粋な天の恵み

ゲーテ「『ハムレット』が、はじめてシェークスピアの頭に浮かんだとき、その全体の精神が思いもよらない印象となって彼の魂の前にあらわれ、彼は、個々の場面や人物や全体のしめくくりを興奮しながら展望したが、それは、純粋な天の恵みだったのだ。むろん彼のような精神にして、はじめてこのような着想を抱くことができたのだが、彼はその天恵を直接左右することはできなかったのだ。——けれども、その後の個々の場面を書きあげたり、人物に言葉のやりとりをさせるのは、完全に彼の自由だったので、思いのままに毎日毎時間それをつくり、何週間も書きつづけることができたのだ。しかも、彼が仕上げたものには、どこを見ても、つねに同じような力強い生産力がみとめられるのだ。そして、彼の作品全体を通じて、ここは真情がこもっていないとか、ここは力を出しきっていないとかいえるようなところは、一行たりともないのだよ。彼のものを読むと、彼は、精神的にも肉体的にも、徹頭徹尾、健全でたくましい人間であったという印象を受けるのだな。」（下二五一～二五二頁）

紫式部は、シェークスピアと同じように、純粋な天の恵みを得て、その後は、思いのままに物語を書き続けた。『源氏物語』のどの部分を見ても、人間と人間社会の真の姿を描き出すという作者の力強い精神がみなぎっている。紫式部は、精神的にも、肉体的にも、健全でたくましい人であることを、ここに再確認したい。

カール・アウグスト大公

カール・アウグスト大公は、一八一五年来、ザクセン・ヴァイマル・アイゼナハ大公国の大公である（上四三〇～四三一頁註五九）。

ゲーテ「大公の並みはずれた精神は、自然の全分野を包んでおられた。物理学、天文学、地質学、気象学、植物学、それに太古の動物の形態、それにこれらに付随するあらゆることに、理解と関心を寄せておられた。私がヴァイマルへ来たとき、彼は十八歳だったが、当時すでに、いずれは大樹となるべき萌芽を示していた。彼は、まもなく私に心の底から打ち解けて、私のやることなら、何事によらず深い関心を払われた。」（下二七八頁）

ゲーテ「彼は、総合的な人物だった。（中略）彼が統治を行なうためには、とくに三つのことが役に立った。彼は、精神と性格を区別して、適材を適所に配置する才能を持っておられた。これは、じつにたいしたことだね。もう一つの彼の持ち味は、（中略）この上なく崇高な善意と至純な人間愛を心に宿しておられ、全霊をあげて最善をつくそうとされた。」（下二八〇頁）

ゲーテ「第三に、彼は周囲の者より偉大だった。（中略）彼は、至るところ自分の目で確かめ、自分で判断を下し、どんなばあいでも自分の内にしっかりと基盤を持って事に当たられた。その上、口の重い性分で、言葉は行動の後から出た。」（下二八〇～二八一頁）

紫式部は、人間と人間社会とを丹念に観察して、社会に充満する理不尽や、人間の滑稽さ・愚かしさのなかで人はいかに生きるべきかを追究し、それを『源氏物語』という壮大な作品としてまとめた。別の言い方をすると、紫式部は、人間と人間社会の偉大な観察者であり、同時に道徳家であった。『源氏物語』をていねいに読むと、紫式部は、道徳法則からはずれた生き方を激しく憎んでいたことがわかる。

しかしながら、私たちは、紫式部を『源氏物語』の作者として見るだけでなく、紫式部には別の顔があったことを忘れてはならない。それは、『紫式部日記』に見ることができる。

中宮彰子の教育係としての顔である。

藤原道長は、中宮彰子の教育係として、紫式部を招聘した。道長の心づもりとしては、皇后定子のもとに展開されていた華やかなサロンを彰子のところに再現したかったのだろうが、皇后定子やこれに仕えていた清少納言を批判的な目で見ていた紫式部の気持ちには合致しない。

紫式部は、中宮彰子を教え導く立場から、中宮彰子にどのように生きてほしいと考えていただろうか。おそらく案外簡単なことで、軽薄に流れることなく、自分の目でよく見、よく考え、自分で判断すること。そのうえで、正しく、美しく生きること。紫式部のこのような考え方は、道長にも、彰子の母親である倫子にも、理解された。

中宮彰子は、一条帝の中宮として、敦成親王（後の後一条天皇）と敦良親王（後の後朱雀天皇）の生母となり、やがて、皇太后、さらに太皇太后として、宮中及び藤原氏の中において重きをなすに至った。道長の後を継いだのは、道長の長子である頼通であるが、五十年近く関白の地位にあった頼通がその地位を自分の子である師実に譲ろうとしたとき、上東門院（彰子）は、道長の遺言に反するから賛成できないと言い、結局、頼通の弟である教通が関白となった。このように、彰子は、数十年の長きにわたって、道長及び頼通の体制を支え続けたのであり、紫式部は、その彰子に、教育を施した人であった。

このように考えると、紫式部は、見上げるばかりの大樹であったと言える。

読書の難しさ

ゲーテは、読書の難しさに触れ、「多くの人は、愚かにも、まったく予習もせず、予備知識も持たずに、いきなり哲学書や科学書を、まるで小説同然に読もうとする」（下二九七頁）と言ってエッカーマンをからかった。それにつづけて、

ゲーテ「みなさんは（中略）本の読みかたを学ぶには、どんなに時間と労力がかかるかをご存知ない。私は、そのために八十年を費したよ。そして、まだ今でも目的に到達しているとはいえないな。」（同）

思い返せば、私たちは、何の予習もせず、予備知識も持たないで、いきなり『ゲーテとの対話』を読み始めた。この本は哲学書あるいは科学書でないから、それでよいのだろうと思うが、もしかしたら哲学書かもしれない。そうだとするとゲーテ先生からお叱りを受けるのだろうか。ただし、この本には、正しい本の読みかたが示されていない。

いや、そうではない。『ゲーテとの対話』をていねいに読むことこそ、正しい本の読みかたを

学ぶことなのだ。

想像力

ゲーテ「私の言う想像力とは、実在しないものを空想するようなあやふやなものではない。私の考える想像力とは、現実の基盤から遊離したものではなく、現実的な周知のものに照らして、物事を予想し、推測しようとすることなのだよ。そのばあい、想像力は、この予想したものが可能であるかどうか、他の既知の法則と矛盾しないかどうかを吟味するだろう。しかし、このような想像力が幅広い冷静な頭脳を前提とすることはもちろんさ。生きた世界とその諸法則を、意のままに洞察できる人であることが必要なのだ。」（下二九九頁）

ゲーテは、自然科学者の想像力に関して言っているのだが、これとまったく同じ想像力が物語作者にも求められる。荒唐無稽なおとぎ話を書くのならともかく、人間や人間社会を素材とする物語を書く場合、現実から遊離したものではなく、現実を基盤として、何が起きる可能性があるかを、合理性に基づいて推論することが求められる。『源氏物語』は、最初から最後まで、このような想像力によって書かれていると言っても過言ではない。

紫式部は、このような想像力を自由自在に駆使することができる人であった。このような人のことを「天才」と呼ぶのだろう。

国民的憎悪

ゲーテ「国民的憎悪というものは、一種独特なものだ。――文化のもっとも低い段階のところに、いつももっとも強烈な憎悪があるのを君は見出すだろう。ところが、国民的憎悪がまったく姿を消して、いわば国民というものを超越し、近隣の国民の幸福と悲しみを自分のことのように感ずる段階があるのだよ。こういう文化段階が、私の性分には合っている。」（下三三二〜三三三頁）

『源氏物語』の世界には、ゲーテが言うような「国民的憎悪」あるいはそれを想起させるような記述は全く見られない。近隣の国民の幸福と悲しみを自分のことのように感ずる段階であったと言えるのかどうかはわからないが、文化のもっとも低い段階でなかったことは確かである。

ゲーテがこのようなことを言っているところから推測すれば、洋の東西を問わず、近隣国の国民が互いに憎しみあっている例は少なくないということであろう。現在及び将来において、ゲーテが言うところの「文化のもっとも低い段階」にあるというようなことのないように、心したいものである。

精神的な創造

ゲーテ「精神的な創造とは、全体も部分も一つの精神の鋳型に流しこまれ、一つの生命の息吹きによってつらぬかれることだよ。そのさいに、創造者は決して試したり、こまかく刻んだり、自分で好き勝手にふるまったのではなく、自己の天才のデモーニッシュな精神に支配されていたので、その命じるままに実行したにすぎないのだ。」（下三七一～三七二頁）

ゲーテは、文学作品の読み方について、極めて重要なことを述べていることに気づく。ゲーテの言葉によれば、その作品のためにいかなる精神の鋳型が用意されているのか、その作品全体がいかなる生命の息吹きによってつらぬかれているのかが、最も重要な着眼点だというのである。ここで、「精神の鋳型」「生命の息吹き」とは、その作品のテーマと考えてよいだろう。

文学作品を読み解く場合、作品の一字一句に注意を払うことがもちろん必要であるが、テーマに直接関係しない些細な事柄にこだわって、テーマを見失うことのないようにしなければならない。また、登場人物に対する好き嫌いだけの目で筋を追っていると、作者の息吹きに接近することさえ難しいだろう。

『源氏物語』について言えば、例えば、光源氏は理想的な人物であるという先入観で物語を読んでいると、光源氏に敵対する弘徽殿女御は悪役であるように見えるが、弘徽殿女御は道徳法則に反することをした人ではない。光源氏は、父帝の妃である藤壺と交わった。これは、道徳法則に反するだけでなく、帝に対する反逆でもある。さらに、藤壺が光源氏の子を宿し、出産した。その子は、桐壺帝の皇子として扱われ、やがて、東宮に、さらに冷泉帝として帝位に即かれる。冷泉帝は、夜居の僧から、光源氏が実父であると聞いて、驚き、悩まれる。光源氏は、冷泉帝が真相をご存知であるらしいと気づくが、真相を告げようともせず、准太上天皇としての待遇だけは受ける。光源氏は、このように、帝を欺き、世間をも欺いた人物である。光源氏は、理想的な人物にはほど遠い。

紫式部は、道徳法則にのっとった生き方をせよと、読者に訴えていることを、よく読み取りたい。それが、ゲーテの教えでもある。

ゲーテは何をなしたか

ゲーテ「私は正直のところ、観たり、聴いたり、区別したり、選択したり、またその観たもの、聴いたものに多少の魂をふきこみ、少しは巧妙に再現する能力と性向をもちあわせたほかに、これこそ私のものだといえるものがあったろうかな。私は自分の作品を決して私自身の知恵ばかりに負うているとは思っていない。そのために材料を提供してくれた、私を取りまく無数の事物や人物にも負うていると思っているよ。愚かな人も、頭のよい人も、物わかりのよい人も、偏狭な人も、それから子どもや青年や老人もいた。すべての人が私に、どんなことを考えていたか。どんなふうに生き、働き、そしてどんな体験をへてきたか、を話してくれた。そして私がなしたことといえば、それを択え、他人が私のために播（ま）いてくれた種を刈りとるというだけのことだったのさ。」（下三八五〜三八六頁）

紫式部に、「あなたは、何をしましたか。」と尋ねたら、おそらくゲーテと同じようなことを言うのではないか。

紫式部「私がやったことと言えば、私のまわりの人たちが話すのを聴いていただけよ。父（為時）と伯父（為頼）はにぎやかに議論をしていたし、来客も多かった。おばあ様（右大臣藤原定方の娘）もいろんなことをよくご存知だった。邸には女房たちもいるし。その人たちの話のなかで、おもしろそうなのを思い出して、つなぎ合わせているうちに、物語になっていったということ。もちろん、話がうまくつながらないときは、想像で話を作ったこともありましたが、それはごくわずかです。父が越前守になったとき、私も越前へ行きました。道すがら、そして越前で見聞きすることがたくさんあったわ。それから、夫の宣孝はきわどいことをいろいろ話してくれましたし、娘（大弐三位（だいにのさんみ）、本名は藤原賢子（けんし））を育てるという貴重な経験をさせてくれました。物語の材料を提供してくれた人たちには、感謝しています。物語全体が私の知恵でできたわけではありません。」

紫式部の言葉を、そのまま言葉どおりに受け取ってよいわけではないが、紫式部という人は、ゲーテと同じように、自分のことを自慢げには言わない人である。天才と言われる人に共通の特徴なのだろう。

畏敬(いけい)の念

「気高い道徳性について」の項（本書一二五頁）でも触れたが、ゲーテは、キリストの人格の崇高さについて述べた後、次のように言う。

ゲーテ「もし私が、自分の性質にキリストへ畏敬の念をささげる気持があるかと問われたら、私は、しかり、と答えよう。私は道徳の最高原理の神々しい啓示として、彼の前に身をこごめる。もし私の性質に太陽をうやまう気持があるかと問われたら、私はまた、しかり、と答えよう。なぜならば、太陽も同じように至高なるものの啓示であり、しかもわれわれ地上の子らに認めることがゆるされている最も顕著な啓示だからなのだ。（中略）しかし、もし私が使徒ペテロや使徒パウロの親指の骨におじぎをするかと問われたら、私は、ごめんこうむろう、そんなばかばかしいことはまっぴらだと答えよう。」（下三九〇頁）

もし紫式部にキリストに対する畏敬の念があるかと尋ねても、紫式部はキリストを知らないから、何も答えないだろう。仏様に畏敬の念をささげる気持があるかと尋ねたら、「もちろんある。」と答えるだろう。それでは、太陽に対してはどうかと尋ねたら、これに対する答えも、「もちろんある。」だろう。

紫式部に、法師を尊敬するかと尋ねたら、「そのようなバカバカしい質問は、するものではない。」と、たしなめられるだろう。

紫式部の真意は、源氏物語で明確に述べられている。一四歳の冷泉帝は、「法師は、聖とよばれるほどの者であっても、異常に嫉妬心が強く、不快なものだ。」とお思いになっているとある。帝の思いとして書いたのだから、紫式部は、確信をもって書いたに違いない。

四　『ゲーテ格言集』を読みながら考える

太陽が照れば塵も輝く

ゲーテ「太陽が照れば塵も輝く」（格言集七頁）

『紫式部日記』に、次のような一節がある。

「ある時は、わりなきわざしかけたてまつりたまへるを、御紐ひきときて、御几帳のうしろにてあぶらせたまふ。『あはれ、この宮の御しとに濡るるは、うれしきわざかな。この濡れたる、あぶるこそ、思ふやうなる心地すれ』と、よろこばせたまふ。」（紫式部日記一五〇頁）

これは、道長が、初孫で、生まれて間もない敦成親王（後の後一条天皇）を抱いていたところ、おしっこをかけられた場面である。道長は、おしっこをかけられて、喜んでいる。

道長は、この皇子の誕生によって将来の権勢が確実なものとなった。敦成親王自身の将来も明るい。おしっこは、本来、輝くものではないが、道長と親王が明るい光を投げかけるので、おしっこも輝いて見える。

人類の本来の研究対象

ゲーテ「人間こそ、人間にとって最も興味あるものであり、おそらくはまた人間だけが人間に興味を感じさせるものであろう。」（格言集二二頁）

ゲーテ「各個人に、彼をひきつけ、彼を喜ばせ、有用だと思われることに従事する自由が残されているがよい。しかし、人類の本来の研究対象は人間である。」（同）

『源氏物語』は、貴族社会とそこに生きる人びとの腐敗や堕落、滑稽さや愚かしさを暴くとともに、そのような社会において「人はいかに生きるべきか」という問題に取り組んだ物語である。この物語を書く前提として、作者である紫式部は、人間と人間社会とを丹念に観察する必要があった。

すなわち、『源氏物語』は、人間と人間社会とを研究対象としており、そのような作品であることを意識して読まれるべきものと考える。

うそにだれも気づかない

ゲーテ「私があやまつと、だれでも気づく。うそをつくと、だれも気づかない。」（格言集三三頁）

『源氏物語』の主人公である光源氏は、しばしばうそをつく。しかし、うそのつき方が巧みであるから、物語の登場人物たちは、うそであることに気づかない。それだけではない。驚くべきことだが、物語が書かれてから千年、この間、光源氏は、「うそつき」であるどころか、「理想的人物」であると読み継がれてきた。

この物語の中で最大のうそは、光源氏と藤壺の間に生まれた御子を桐壺帝の第十皇子であると偽り、やがてこの皇子が東宮に、さらには帝になったことである。このうそは、桐壺帝の企みの下に、光源氏と藤壺とが実行したものであるが、これらの人物は、いずれも紫式部が創造した架空の人物であるから、言い換えると、紫式部は、ずいぶん大胆なうそを創作したものである。しかも、読者が「うそ」を「うそ」であると明確に意識しないように書くのだから、紫式部という人は、相当な悪党か、天才か、いずれかである。

真相

ゲーテ「信用というものは妙なものだ。ただひとりの言うことを聞くと、まちがったり誤解したりしていることがある。多くの人の言うことを聞いてみても、やはり同じ事情にある。普通、多ぜいの言うことを聞くと、全く真相を聞き出すことができない。」（格言集三四頁）

「『源氏物語』の光源氏は理想的な人物だ。」とひとりの人が言ったとする。それを聞いた人には、確かにそうだと思い、あるいは、それは違うのではないかと思う自由がある。先の言葉を言ったのが複数の人たちであったとしても、事情はさほど変わらない。

ところが、知る限りの多くの人がそう言ったとすると、事情は変わる。専門の学者も、作家も、その他の人たちも、異口同音（いくどうおん）に「光源氏は理想的な人物だ。」と言っているとき、「それは違う。」と言うことも、思うことも、困難である。みんながそう言っているのだからきっとそうに違いないと思い、そこで思考を停止してしまうからである。そうなると、もはや真相に迫ることができない。

ゲーテは、このような人の心の動きをよく理解している人であることがわかる。

時代の弊風と精神力

ゲーテ「真理は人に属し、誤りは時代に属する。それゆえ、並はずれた人について、次のように言われる。『時代の弊風が彼のあやまちをひき起こした。しかし彼の精神力がそれを離脱させ、光栄を得させた』と。」（格言集三七頁）

ゲーテのこの言葉は、『源氏物語』の宇治十帖の主人公である浮舟を想起させる。

浮舟は、母君（中将の君）から、八の宮（桐壺帝の第八皇子）のご落胤（らくいん）であると繰り返し聞かされて育ったが、八の宮は浮舟をわが子として認めようとしない。浮舟の現実の境遇は、常陸介（ひたちのすけ）の北の方の連れ子でしかない。常陸介から何かにつけて分け隔てされ、肩身の狭い思いで生きていくしかない。このような生い立ちが浮舟の人格形成に大きく影響しただろう。

浮舟は、外見上、すなおで、おおらか過ぎるくらいの人柄に見えた。しかし、後に女房が語るところによると、「不思議なほど言葉数が少なく、茫洋としてつかみどころのない感じの人でした。苦しいことがあっても、口に出して言われることもなく、胸の中に納めておられるようで、あのような思い切ったこと（宇治川に身投げをすること）を考えておられたとは、夢にも思いませんでした」とのことである。

言葉を換えて言えば、浮舟は、まわりの人の言葉や態度を注意深く見据え、納得できるまで胸の中で繰り返し反芻（はんすう）して、その言葉や態度がどういう意味であるのかを見極め、そのうえで自分の態度を決めるというタイプの人であったのだろう。その場合、自分からはほとんど何も発信しないから、まわりの人は、浮舟が物事をつきつめて考えていることに気がつかない。

浮舟は、八の宮から子として認めてもらえない。常陸介からは分け隔てされる。左近少将との縁談は、浮舟が常陸介の実の娘ではないことが理由で破談となった。母君は、浮舟と母君自身のプライドを傷つけることはできないと考え、浮舟を、匂宮（におうみや）の妻となっている中の君（八の宮の次女で、浮舟の異母姉）に託した。これをきっかけに、浮舟は、薫と匂宮の二人の貴公子から言い寄られる立場に立たされることになった。

浮舟を大君（八の宮の長女で、浮舟の異母姉）の形代としてしか扱ってくれない薫。

大君の形代としてでもよいから薫に縁づけて、常陸介や左近少将を見返してやりたいと考える母君。

いつの間にか匂宮に惹かれてしまった自分（浮舟）。

このまま突き進むと、匂宮を挟んで、自分と中の君が争うことになる修羅場。

これまでそれなりに面倒を見てくれた薫を裏切った自分。

薫と匂宮の間でやがて起きることになる熾烈な争い。

どうかして高貴な人と結び付けて自分たちの暮らし向きをよくしようとする女房たち。

浮舟は、必死になって思いめぐらすが、これらをうまく解決する方策を発見することができない。貴族社会の弊風の中で浮舟が陥った苦境であった。

苦悶の末、最もよい解決策は自分自身を消すことだと気がついたとき、浮舟は胸のつかえがおりる思いがしただろう。


浮舟は、宇治川に身投げをしようとしたが、横川の僧都に助けられた。浮舟は、死ぬことができなかったが、これまで浮舟を取り巻いていた人間関係から脱出することができた。しかし、そう思ったのも束の間のこと、浮舟の面倒をみてくれる横川の僧都の妹尼君は、亡き娘の夫であった中将と浮舟とを結びつけようとする。かつて母君や女房たちがしようとしたこととまるで同じである。このままでは、再び複雑な人間模様に組み込まれてしまう。

頼れるのは横川の僧都だけである。僧都に泣いてすがって、浮舟は、出家することができた。これでもう誰も手出しをすることができないと、浮舟は思った。そこへ現れたのが、薫と浮舟の弟の小君。僧都は、浮舟が右大将という高い立場にある薫の思われ人であることに驚いて、いとも簡単に還俗を勧める始末である。

浮舟は、あらためて覚った。世に高僧と謳われている僧都にも頼ることができないのだから、頼れるのは自分自身だけである。母君をも切り捨てて、自分の意志で、自分の生きる道を歩んでいく以外にない。それが、これからの自分の生きる道である。

かくして、浮舟は、自立して生きるという境地に到達した。それはまた、作者である紫式部自身が到達した境地でもあったに違いない。

入学資格

ゲーテ「プラトンは、幾何学を知らないものを彼の学校に入れなかった。仮に私が一つの学校を作るとすれば、何らかの自然研究をまじめに、かつ厳密に選ばない人間の入学を許さないだろう。」（格言集六四頁）

仮に紫式部が学校を作るとすれば、どのような入学資格を定めるだろうか。紫式部本人に尋ねてみた。

問「学校をお作りになるとしたら、入学資格は、どのようにお決めになりますか。」

紫「人々のものめごとの原因になるような人は、断りたいわ。」

問「もう少し具体的にお聞きしたいのですが。」

紫「人間としての道徳法則を尊敬する人は、入学できます。そうでない人は、ダメです。」

問「例えば、うそをつく、あるいは誠実さに欠ける、そういう人でしょうか。」

紫「そうです。」

問「それでは、光源氏は、その学校に入れないでしょうか。」

紫「もちろん入れません。」

問「入学資格に該当するかどうかの判断は難しそうですが、どのようにして判断なさるのですか。」

紫「それは簡単です。その人のものの言い方を少し聞き、立居振舞を少し見ればわかります。」

芸術家と俗なもの

ゲーテ「芸術そのものは本来気高い。それゆえ、芸術家は俗なものを恐れない。否、それどころか、芸術家が俗なものを取り上げると、それは立ち所に上品にされる。こうしてわれわれは最大の芸術家たちが大胆にその至上権を行使しているのを見る。」（格言集一〇七頁）

『源氏物語』の横笛の巻に、まだ幼い薫（数え年二歳）が筍を食い散らかす場面がある。原文では、「わづかに歩みなどしたまふほどなり。この筍の櫑子に何とも知らず立ち寄りて、いとあわたたしう取り散らして食ひかなぐりなどしたまへば」（源氏物語④三四九〜三五〇頁）、「御歯の生ひ出づるに食ひ当てむとて、筍をつと握り持ちて、雫もよよと食ひ濡らしたまへば」（同三五〇頁）とある。

ようやく歩き始めたばかりの薫が筍を盛った器から筍をつかみ出し、口に入れて、食い散らかしている。口からは、よだれが流れ落ちている。これだけを見ると、これほど俗なものはない。しかし、物語に描かれている薫は、柏木と女三の宮の間に生まれた不義の子。柏木は亡くなり、女三の宮は出家した。薫はこれからどういう人生を送ることになるのだろうか。読者の関心が集まるところである。緊迫した物語の展開の中に挿入された筍の場面。ゲーテが言うように、紫式部は、自身が娘（大弐三位）を育てた経験を踏まえ、幼児の動作を慈愛の目で描写して、見事に芸術的な場面に仕立て上げた。

最初の一筆と最後の一筆

ゲーテ「最後の一筆がなし得ることを、最初の一筆が既にはっきりと表さなければならない。なさるべきことが、既にここに決定されておらねばならない。」（格言集一一四頁）

紫式部は、貴族社会にあふれる理不尽に憤って、『源氏物語』の執筆を決意した。人間と人間社会とを素材とする物語である。

思えば、人間も人間社会も、明確な構造がなく、つかみどころがあるようで、ない。随筆を書くのなら、関心を持ったところから適宜に選んで、書いていけばよいのだろうが、物語を書くとなるとそうはいかない。人間と人間社会についての物語を書くという課題を前にして、普通の人なら、どこから、どのように取りかかればよいのか、途方に暮れるところである。しかし、紫式部は、筋道だった考え方をした。明確な構造のない人間と人間社会とを素材として物語を書く以上、まず物語の明確な構造を組み立て、そのうえで組み立てた構造に沿って、順に書いていく以外にない。したがって、詳細な設計図を作成したに違いない。

『源氏物語』は、桐壺更衣が桐壺帝の寵愛を得て、ときめいているところから始まる。

「いづれの御時にか、女御、更衣あまたさぶらひたまひける中に、いとやむごとなき際にはあらぬが、すぐれて時めきたまふありけり。」（源氏物語①一七頁）

桐壺更衣は、「必ず入内せよ」との父大納言の遺言と、その遺言に忠実に従った母君から言われるままに、桐壺帝の後宮に入内した。帝の寵愛を受け、男皇子を授かるという幸運に恵まれたが、他の女御や更衣たちの嫉妬の嵐の中で、「よこさまなるやうにて」（横死同然に）亡くなった。

余談ながら、桐壺更衣の物語だけを見ると、まるで白楽天の長恨歌の焼き直しの物語を書こうとしているのかと誤解しかねないが、そのような誤解も、紫式部の計算のうちかもしれない。

桐壺更衣は、亡き父君と母君の意志のままに生き、そして亡くなった。貴族社会において理想とされる入内の結果はこのとおりである。だとすれば、人はどのように生きればよいのか。紫式部は、さまざまな立場やタイプの女性を物語に登場させて、検証したうえで、最後に自分の意志で生きていく女性を登場させることにした。それが浮舟である。

実の父であるはずの八の宮は、浮舟を自分の子であると認めてくれない。薫と匂宮という二人の貴公子から言い寄られたが、どちらを選んでも平穏におさまりそうにない。浮舟は、深く、長い懊悩の末、自分の身を消すことが最善の道であると覚った。身投げをしようとして死にきれず、横川の僧都に泣いてすがって出家をしたが、薫が現れ、弟が現れ、僧都が浮舟に還俗を勧めるに及んで、もう誰も頼ることができないことがはっきりしたので、母君を棄て、弟をも切り捨て、薫も僧都も棄てて、自分の人生を自分で生きていこうと決心した。

この長大な物語は、浮舟の心を理解することができず、けげんな面持ちでいる薫の次のような思いで結ばれている。

「いつしかと待ちおはするに、かくたどたどしくて帰り来たれば、すさまじく、なかなかなりと思すことさまざまにて、人の隠しすゑたるにやあらんと、わが御心の、思ひ寄らぬ隈なく落としおきたまへりしならひにとぞ、本にはべめる。」(源氏物語⑥三九五頁)

浮舟のところから戻ってきた浮舟の弟の報告を聞いて、薫は、浮舟の心情を理解することができない。紫式部は、物語の最初から、最後のこの場面を想定していたに違いない。自立して生きる道はまわりの人からも理解されないかもしれないが、それでもそれが人としての生きる道であることを、読者に示したのである。

かくして『源氏物語』は終わった。

詩を作るに値する

ゲーテ「世界歴史の中に生きるものは
　瞬間を標準とすべきであろうか。
　時代を透察し、時代に働きかけるもののみが、
　語り、且つ詩を作るに値する。」（格言集一一五頁）

紫式部が『源氏物語』を書いたのは、平安京が都とされてから約二〇〇年経ったころ、国の内外に大きな騒乱もなく、貴族社会が安定、成熟した時代であった。社会の成熟は、その内部に、腐敗や堕落を醸成する。世の中の動きや人々の動きを冷静に見つめていた紫式部の目には、貴族社会に充満する腐敗や堕落が、滑稽で愚かしいものに見えたに違いない。紫式部は、貴族社会とそこに生きる人々の腐敗や堕落、滑稽さや愚かしさを、物語の形に再構成して書き綴った。それが『源氏物語』である。

このままでは貴族社会は崩壊する。紫式部はそう直感したので、『源氏物語』にそのように見える徴候を書き記した。

浮舟の継父である常陸守は、財力と武力を蓄えている。浮舟との縁談が進んでいた左近少将は、浮舟が常陸守の実子ではないことを知って、それまで進めていた浮舟との縁談を破棄し、常陸守の実の娘と結婚することにした。将来の立身のために常陸守の財力等に頼ろうとするのであ

る。

また、薫が浮舟を宇治に住まわせていることを知った匂宮は、密かに浮舟を訪問した。それを察知した薫は、この地の内舎人に、浮舟のいる邸を厳重に警備するように命じた。その後、匂宮が再度宇治を訪問したときには、警備が強化されていて、もう浮舟に逢うことができなかった。このままでは、やがて薫と匂宮の間で武力衝突が起きかねない。

紫式部は、貴族社会への警鐘のつもりでこれらを物語に書いたが、誰も気にとめなかった。歴史の実際は、その後、平氏の台頭、源平の争乱を経て、武家政治の時代に移ってゆく。

紫式部は、ゲーテが言うように、詩を作るに値する偉大な人であった。

現実のものと詩的なもの

ゲーテ「メルクは言った。『君の努力、君の変更し難い方向は、現実のものに詩的な形を与えることだ。他の人々はいわゆる詩的なもの空想的なものを現実化しようと試みるが、それによってできるものは愚劣なものに過ぎない。』」（格言集一二二頁）

ここで、メルクは、若きゲーテの友人で、メフィストのモデルと言われている。

『紫式部日記』によると、寛弘五（一〇〇八）年十一月一日、敦成親王の五十日の祝いが行われた。その日のこと、藤原公任が紫式部のいるあたりに向って、「失礼ですが、このあたりに、若紫はおられませんか。」と声をかけた。紫式部は、「光源氏に似た人がいないのだから、紫の上がいるはずがないではないか。」と思い、返事をせずに、黙ってうつむいていた。これは、実際にあったことだろう。できるだけ目立たないようにありたいという紫式部の人柄をあらわす、美しい場面である。

仮に、日記の作者である紫式部が、「この日記は道長様の目に触れるのだから、公任様が『源氏物語』を高く評価すると言っておられたように書いておこうかしら。」と考えて、ありもしないことを創作して、書き綴ったとしたら、ゲーテの言うように、全く愚劣な記事になってしまうだろう。しかも、この記事だけでなく、『紫式部日記』全体の美しさが損なわれてしまうに違いない。

文学の堕落

ゲーテ「文学は、人間が堕落する度合だけ堕落する。」（格言集一二四頁）

ここで「文学」とは、「文学作品」と「文学の読み方」の両者を含むだろう。次に「堕落」とは何か。ある辞書では、「品行が悪くなり、生活が乱れること。身をもちくずすこと。」などとあり（『大辞林』第三版）、別の辞書では、「品行の修まらないこと。身をもちくずすこと。また一般に、不健全になること。」などとある（『広辞苑』第七版）。一般論として、既婚の女性が夫以外の男性との愛欲のゆえに、夫とわが子を棄てて夫以外のその男性のもとへ走ったとしたら、それは「堕落」に当たるだろう。

仮定の話だが、仮にその女性が『源氏物語』を読んだとしたら、どういう読み方をするだろうか。おそらく、光源氏とその周りに群れる女性たちの愛欲の物語として読むだろう。光源氏が「うそつき」であることや誠実さに欠ける人間であること、あるいは貴族社会には腐敗や堕落が充満していることなどには、目もくれないだろう。

また仮定の話だが、その女性が何らかの小説を書くとしたら、どういう種類の小説だろうか。おそらく、愛欲一辺倒で、情趣も深みもないものであろう。そして、その種のいわゆる官能小説はよく売れるだろうし、その女性自身は、一流の文学者になった気分で、闊歩（かっぽ）するだろう。

この女性が、何かのきっかけで、『源氏物語』の読み方が違っていたと気がつく。そうすると、それまで紫式部や『源氏物語』をほめそやしていたその口で、一転して「紫式部は根性の悪い嫌な女」と言いかねない。

人間の堕落と文学の堕落とは、同時並行して、深化するもののようである。

道徳的であることと力

ゲーテ「道徳的であることをやめねばならぬ時、われわれは力を失ってしまう。」（格言集一六

三頁）

『源氏物語』で、桐壺帝は、寵愛した桐壺更衣の忘れ形見である光源氏を寵愛され、光源氏の子を帝自身の皇子として育て、やがてその偽りの皇子を東宮に、さらには帝にすることを思いつかれた。その偽りの皇子の母親として帝が選ばれたのが、帝の妃である藤壺である。

帝が自分の妃に自分の息子の子を産ませるという、誰も思いつかないような策略。これが道徳に反するものであることは、言うまでもない。

帝の策略には、当然、藤壺が気づく。帝と交わっていないのに、藤壺が子を産んだ、それを帝はこよなく喜んでおられる。藤壺は、自分が帝の後宮に入れられたのは光源氏の子を産むためなのだったと覚った。だから、物語の上で、藤壺が帝に対して申しわけないことをしたと思う場面はない。

帝が亡くなられるときの言葉は、威厳に欠ける。次の帝である朱雀帝に対しては、東宮（実父は光源氏）のことをよろしく頼む、何事にも光源氏を頼りにせよ。藤壺に対しては、特別のお言葉はない。光源氏に対しては、東宮（実父は光源氏）をしっかり後見せよ。帝自身の反道徳的行為の後始末ばかりである。ゲーテの言葉にあるように、帝は、力を失ってしまわれた。

『源氏物語』で道徳に反する生き方をしたのは、桐壺帝だけではない。藤壺は桐壺帝の策略によって、光源氏の子を産むという役割を担わされたのだから、桐壺帝の犠牲者であるが、自分の産んだ子が桐壺帝の子でないと明確に自覚していながら、東宮として、さらには帝としての立場が危うくなることを心配して、真相が世間の知るところとならないよう、汲々として生きた。藤壺自身の内心の思いについて、物語は、「高き宿世(すくせ)、世の栄え(さか)も並ぶ人なく、心の中(うち)に飽かず思ふことも人にまさりける身」(源氏物語②四四五頁)(自分は恵まれた宿縁の下に生れ、この世の栄華も並ぶ人がないほどであったが、心の中には他の人と比較することのできないほどの悩みがあって、嘆き続けてきた人生であった)とする。藤壺は、道徳に反した行為の結果についての責任を負うべきであったが、藤壺がこのことについて悩んだ形跡すら見られない。だから、物語の読者から、お気の毒にと、同情されることはあっても、感銘を与えることはない。

光源氏は、平気で「うそ」をつくし、自分が「うそつき」であるとまわりの人たちから思われることも意に介しない。また、光源氏は、誠実さに欠ける。これらを総体としてみると、光源氏は、道徳の観念を持たない人物であったと考えるほかない。だから、光源氏は、誰からも、信頼されたり、頼りにされたりすることがない。光源氏は、もともと見るべき「力」を持っていない人であった。

無知な正直者

ゲーテ「無知な正直者がしばしば最も巧妙な食わせ者の手くだを見抜く。」(格言集一八六頁)

『源氏物語』の登場人物の中で、「無知な正直者」のイメージに一番近い人物は、女三の宮である。

光源氏四〇歳の年、女三の宮と結婚した。女三の宮は、朱雀院の皇女で、まだ十四、五歳。物語では、女三の宮が幼い童女のようであることが繰り返し強調されている。光源氏の正妻であった葵の上はすでに亡くなり、紫の上は正妻として扱われていなかったから、女三の宮が光源氏の正妻となったのだが、物語の上で光源氏が女三の宮を女性として扱う場面はない。どうやら飾り物の正妻であるらしい。

太政大臣の子息である柏木は、かねてから女三の宮に恋い焦がれていた。柏木は朱雀院の皇女である女二の宮と結婚しているが、女二の宮の母君の身分より女三の宮の母君の身分の方が高いので、女三の宮を得たいというのがその理由であった。

柏木は、女三の宮の女房である小侍従(こじじゅう)に迫って、女三の宮と逢う機会を得た。柏木は、自分の思いを女三の宮に聞いてほしいというのが、女三の宮に逢う目的だったが、つい興奮して、女三の宮と交わってしまった。そのときの女三の宮のうろたえぶりから見て、女三の宮は、どうやら男女のことを全く知らなかったらしい。つまり、光源氏は、それまで女三の宮に何も教えていなかったのである。女三の宮と柏木との密事は、やがて光源氏の知るところとなった。

女三の宮は、柏木の子を身ごもり、男御子を出産した。後の薫である。光源氏の冷たい態度に、女三の宮は、もう耐えられないそうにない。

女三の宮の容態が思わしくないという連絡が届き、胸を痛められた父朱雀院は、籠っておられた西山の寺から六条院におでましになった。そこで、女三の宮は、朱雀院にすがって、出家させてもらった。

それから三年後、光源氏の愛妻である紫の上が亡くなった。光源氏の悲しさと寂しさは深い。ある日、所在なさを紛らわそうと、光源氏は女三の宮のところを訪れた。光源氏が、「山吹の花が見事に咲いたのですが、植えた人（紫の上）が亡くなったとも知らずに、例年よりもきれいに咲いているのがあわれをそそります。」と言ったのに対して、女三の宮は、ただ一言、「谷には春も」（源氏物語④五三二頁）と返事をした。

「谷には春も」とは、「光なき谷には春もよそなれば咲きてとく散る物思ひもなし」（古今集、清原深養父）によるもので、その心は、「紫の上が亡くなられて、あなたは悲しいのかもしれませんが、私には関係のないことです。」である。

柏木との情事、懐妊、出産、出家等を経験し、その後の三年の期間を経て、女三の宮は、成長した。光源氏の正妻であったはずなのに、それが何であるかを示そうともしなかった光源氏。うそつきで誠実さのかけらもない男。女三の宮は、光源氏という男の正体を見抜いた。「谷には春も」という返事は、女三の宮の成長の証しであった。

きっとわかって来る

ゲーテ「人はみな、わかることだけ聞いている。」(格言集二〇一頁)

ゲーテの言葉は、本を読むことについて、「人はみな、わかることだけ読んでいる。」と読み替えることができるだろう。私たちは、『ゲーテとの対話』及び『ゲーテ格言集』と格闘してきたつもりだが、ゲーテの言葉によると、要するに、わかることだけを読んできたに過ぎないということになる。それと同じことは、『源氏物語』との関係についても言えるのだろう。『源氏物語』の解読に、もう十数年にわたって取り組んできた。それには、どれだけの意味があったのかと、考え込まずにはいられない。

しかし、それほど急いで落胆する必要はないようだ。というのは、ゲーテは、別の箇所で次のように述べているからである。

ゲーテ「われわれにには理解できないことが少なくない。

生き続けて行け。きっとわかって来るだろう。」(格言集一九三頁)

私たちは、今、八〇歳前後の年齢になって、若かったころにはわからなかったことで、この年齢になってわかって来ることがあり、そのつど驚く。確かにゲーテの言葉のとおりで、これが長生きするということなのかと納得する。

これに関連して、『源氏物語』の若菜下の巻で、紫の上が出家したいと言い、光源氏がそれに同意しようとしない場面がある。その場面で、紫の上は、「この世はかばかりと、見はてつる心地する齢にもなりにけり。」（源氏物語④一六七頁）と言う。まだ四〇歳にならない紫の上がよくこういうことを言えるものだと感心するが、考えてみれば、これを書いているのは紫式部であり、紫式部はまだ三〇歳前後。寿命の短かった時代のこととは言え、その年齢で、よくこのような言葉を登場人物に言わせることができるものだと、あらためて、紫式部という人に目を見張る。

おわりに

文学作品やその作者はいかにあるべきかについてのゲーテの注文は、多岐にわたる。本文と重複するが、復習を兼ねて、順次見ていこう。

- 明晰な文章を書こうとするなら、魂の中が明晰であること。
- スケールの大きな文章を書こうとするなら、スケールの大きな性格を持つこと。
- 人間は、すべて自立的な個人であること。
- 詩の真の迫力・感動は、情景の中、モティーフの中にあることを知ること。
- 多面的な知識・教養を身につけること。
- シェークスピアに人間の心の動きを学ぶこと。
- その時代のものの考え方に左右されない態度がとれること。
- 研究や観察を怠らず、高度の世界的教養、普遍的な教養を身につけること。
- 倫理的教養の高さに留意すること。
- 真実を愛する魂、真実を見出したらそれを摂取する魂を持つこと。

以上のような諸点に加えて、ゲーテが強調するのは、道徳性の観点である。

ゲーテは、「道徳的であることをやめねばならぬ時、われわれは力を失ってしまう。」と言い、また、ギリシャ悲劇のアンティゴネの道徳性について、「すべての気高いものは、（中略）それ自体おだやかな性質で、眠っているように見えるものだ」が、「ひとたび抵抗に出会うと目覚めて、立ち上がる。」と言う。実際、アンティゴネが示す道徳性は、潔く、力強い。さらに、ゲーテは、「天才」とは「神や自然の前でも恥ずかしくない行為、まさにそれでこそ影響力をもち永続性のある行為を生む生産力にほかならない」と言う。

ゲーテの言葉を、『源氏物語』及びその作者である紫式部に当てはめて考えるとき、どの角度から見ても、『源氏物語』及びその作者である紫式部は、すべての点で合格ラインをはるかに超えていると判断することができる。

正直に言えば、今日までの私たちの『源氏物語』解読において、道徳性について、意識することが少なかった。しかし、ゲーテの指摘を得て思い直すと、紫式部は、人として守るべき道徳法則を『源氏物語』で強調しているのだということがわかった。ここで言う道徳法則とは、儒教や仏教とは関係がなく、人間が生まれながらにして持っている意識で、例えば、「うそ」をついてはいけない、誠実さに欠けてはいけないなどである。さらに言えば、うぬぼれの心や見えの心も紫式部の道徳法則には適合しないもののようである。

道徳法則についての紫式部の意識は、相当に力強い。浮舟がいかに生きるかという問題について、紫式部の示した答えは、「自分のまわりのものをすべて捨ててでも自立して生きよ。」である。アンティゴネの道徳性に劣らないほどの力強さである。

以上のような検討を経て、『源氏物語』は、世界の文学の中で、ギリシャ悲劇やシェークスピア、ゲーテらの作品と比肩しうる作品であり、紫式部は、「天才」に列せられるべき人物であるという結論に達した。

本書の刊行に当たっては、幻冬舎ルネッサンスの関係者の皆さん、とりわけ本書の編集を担当された金田優菜さんに、大変お世話になった。ここに、厚く御礼申し上げる。

〈著者紹介〉
田中宗孝（たなか　むねたか）
1941年、奈良県生まれ。64年、東京大学法学部を卒業。国家公務員・地方公務員を経て、99年、日本大学法学部教授、2011年10月、退職。

田中睦子（たなか　むつこ）
1943年、熊本県生まれ。66年、共立女子大学家政学部を卒業。

〈源氏物語関係著書〉
田中宗孝・田中睦子『源氏物語解読「うそ」の世界からの脱出』（幻冬舎ルネッサンス、2009年）
田中宗孝・田中睦子『宇治十帖解読　菩提と煩悩の間（はざま）でさまよう人々』（同上、2011年）
田中宗孝『「うそ」で読み解く源氏物語』（幻冬舎ルネッサンス新書、2011年）
田中宗孝　『源氏物語の読み方』（同上、2013年）
田中宗孝・田中睦子『紫式部日記解読　天才作家の心を覗く』（幻冬舎メディアコンサルティング、2015年）
田中宗孝・田中睦子『源氏物語 玉鬘（たまかずら） 解読　光源氏の実像に迫る』（同上、2018年）
田中宗孝・田中睦子『源氏物語 人間観察読本』（同上、2021年）

源氏物語探訪 ゲーテとともに

2023年11月10日　第1刷発行

著　者　　田中宗孝・田中睦子
発行人　　久保田貴幸

発行元　　株式会社 幻冬舎メディアコンサルティング
〒151-0051　東京都渋谷区千駄ヶ谷4-9-7
電話　03-5411-6440（編集）

発売元　　株式会社 幻冬舎
〒151-0051　東京都渋谷区千駄ヶ谷4-9-7
電話　03-5411-6222（営業）

印刷・製本　中央精版印刷株式会社

装　丁　　江草英貴

検印廃止

ISBN 978-4-344-94662-0　C0095
幻冬舎メディアコンサルティング HP
https://www.gentosha-mc.com/